U.G.E. 10|18
12, avenue d'Italie – Paris XIIIe

Du même auteur
dans la collection 10/18

Un Brin de verdure, n° 2052
Une corne d'abondance, n° 2412
Une demoiselle comme il faut, n° 2169
Des femmes remarquables, n° 2250
Les ingratitudes de l'amour, n° 2380
Quatuor d'automne, n° 2114
Une question purement académique, n° 2266

LA DOUCE COLOMBE EST MORTE

PAR

BARBARA PYM

Traduit de l'anglais par Martine Béquié
avec la collaboration d'Anne-Marie Augustyniak
Préface de René de Ceccatty

10|18

« Domaine étranger »
dirigé par Jean-Claude Zylberstein

Si vous désirez être régulièrement tenu au courant
de nos publications, écrivez-nous :
Éditions 10/18
12, avenue d'Italie
75627 Paris Cedex 13

Titre original:

The Sweet Dove Died

ISBN-2-264-01366-4

PRÉFACE

Le 11 janvier 1980, Barbara Pym mourait à Oxford à l'âge de soixante-six ans. Elle laissait de nombreux inédits et son destin littéraire peu commun allait faire l'objet d'analyses parfois stupéfaites. On découvrait que cette romancière, qui dans les années cinquante avait connu un succès constant, avait été plongée dans un injuste oubli, malgré la régularité de son œuvre : pourquoi du jour au lendemain l'avait-on négligée ? Pourquoi, surtout, l'avait-on refusée à partir de 1963 ? Son éditeur, Jonathan Cape, pourtant fidèle depuis 1950 où avait paru *Some Tame Gazelle,* écarte, en effet, systématiquement tous les romans que propose Barbara Pym.

Dans son journal, elle notait en date du 24 mars 1963 : « Recevoir un mauvais coup par une soirée de début de printemps (tel que l'annonce que Cape ne veut pas publier *An Unsuitable Attachment* — mais cela pourrait aussi bien être la nouvelle que quelqu'un a cessé de vous aimer), est-ce pire que par une soirée d'automne ou d'hiver ? »

Les refus dès lors s'enchaînent, mais Barbara Pym continue d'écrire. En 1965, du reste, la

B.B.C. tire un feuilleton radiophonique de son dernier roman publié *No Fond Return of Love.* Il y a désormais deux écrivains : l'un en pleine activité et maudit ; l'autre, reconnu mais rejeté dans un passé vaguement désuet. Frappée d'une fausse stérilité, la romancière ne s'avoue pas vaincue. Elle persiste et, comme on le verra, pour le plus grand bonheur de ses lecteurs. Rares sont les exemples d'une telle ténacité, que l'on pourrait appeler fidélité à soi-même.

*
* *

Barbara Mary Crampton Pym est née le 2 juin 1913, à Owestry, dans le Shropshire, à la frontière du Pays de Galles. Elle a une sœur, Hilary, de trois ans sa cadette, qui épousera en 1942 un architecte, Alexander Walton, mais qui, après son divorce, en 1946, vivra avec elle, accomplissant ainsi la curieuse prévision d'un double destin de vieilles filles, formulé par Barbara, dès ses écrits de jeunesse. Hilary Walton sera productrice à la B.B.C. et Barbara Pym, secrétaire de rédaction de la revue *Africa,* de l'International African Institute, de 1945 à 1974, où une attaque la contraint à une retraite anticipée. Voilà pour la surface.

Mais, dans le cas d'une romancière de son type, la surface biographique n'est pas sans rapport avec les profondeurs de l'inspiration. Qu'elle ait travaillé presque toute sa vie dans un bureau, n'est pas sans importance. Innombrables sont les références à cette vie ordinaire et régulière, dont elle scrutait les petitesses avec ironie et tendresse. Que ce bureau ait été rattaché à une société savante d'ethnologie, n'est pas non plus secondaire. Ethnologue, Barbara Pym l'était. Ethnologue en chambre, avec pour objets d'étude, non pas des tribus africaines, mais une assemblée d'intellectuels, de secrétaires frustrées, de vieillards passionnés. Oxford, où elle avait fait ses études, avait été le décor de ses premiers romans, dont le posthume *Crampton Hodnet* (paru, en 1986, chez Fayard, dans la traduction de Bernard Turle). A la ville universitaire, succéderont d'autres micromilieux : le Londres des sociétés savantes, le Londres des paroisses et les villages écologiques.

Quoique demeurée célibataire, ainsi que la plupart de ses héroïnes, Barbara Pym eut de nombreuses liaisons amoureuses, comme le signale son biographe américain, Robert Emmet Long, dans l'ouvrage qu'il lui a consacré aux éditions Ungar (New York, 1986). Ces aventures ne sont pas menées à leur terme : c'est dans l'amitié amoureuse que la romancière trouvera son véritable épanouissement sentimental, notamment dans celle qui devait la rapprocher de Richard Roberts, rencontré en août 1962. Ce jeune et bel antiquaire, de trente-deux ans, allait inspirer le personnage principal de *The Sweet Dove Died* (*La douce colombe est morte*). « Que la vie est pleine de situations romanesques ! » lui écrira-t-elle, le 30 juin 1964. Cherchant rarement ailleurs que dans son entourage immédiat des idées de personnages et de romans, Barbara Pym dut payer cher les limites mêmes de son univers. Son éditeur avait fini par ne plus accepter que la méthode de Jane Austen (à laquelle elle avait été souvent comparée) fût appliquée à un monde apparemment trivial, médiocre, terre à terre.

∴

A propos des six romans que Barbara Pym publia, entre 1950 et 1961, le critique et romancier, Robert Liddell, parle d'*ecclésiologie*, faisant allusion à la manie que l'écrivain avait de décrire la vie des paroisses. Pourquoi cette passion pour les prêtres anglicans ? Ce sont des figures de la chasteté et de l'interdit, bien qu'une relation amoureuse ne soit pas inenvisageable avec eux. Les prêtres anglicans peuvent se marier, mais circonscrivent l'amour dans un cercle qui tient à la fois de la médiocrité et du sacré. Barbara Pym, dont la mère était organiste et qui, durant son enfance, fréquenta assidûment le milieu clérical, joue, avec humour, sur cette ambiguïté d'une sexualité abstraite et nécessairement insatisfaisante, puisque toujours vécue sur un mode mineur par rapport à une valeur plus spirituelle de l'amour. On ne sera pas étonné que Barbara Pym glisse des prêtres, sujets privilégiés de ses premiers romans (presque à égalité avec les professeurs et ethnologues), aux jeunes homosexuels, marqués, en quelque sorte, d'un double interdit : celui de l'âge et celui du sexe. L'amour pour un homme plus jeune avait été un thème plusieurs fois traité par Barbara Pym, dans des nouvelles et des romans inédits d'avant-guerre. Et elle fut amoureuse d'un étudiant : « une drôle de petite chose, mais assez fascinante », telle sera, à propos du jeune homme, la sentence de Hilary. Les homosexuels apparaissent très tôt dans l'univers de la romancière, ce qui n'a rien de surprenant chez cette lectrice d'Ivy Compton-Burnett. Ce n'est pas tant l'homosexualité qui, me semble-t-il, l'intéresse, que la forme même d'une liaison impossible. Chez ses héroïnes, la prise de conscience de l'homosexualité des garçons (ou, plus abstraitement, du fait qu'ils ne les aiment pas) est extrêmement lente : et l'on sent le plaisir que l'auteur éprouve à enfoncer ses personnages dans des ténèbres psychologiques d'où ils resurgissent in extremis, à grand-peine, par une espèce de soudaine illumination qui rend enfin le monde transparent et triste.

La jubilation que le lecteur ressent à la lecture des romans de Barbara Pym s'explique, bien sûr, par leur humour et leur finesse psychologique, mais aussi par cette structure spécifique de l'analyse intérieure : avec un art subtil de la dérision, Barbara Pym fait sombrer ses protagonistes dans un brouillard, dont de menues révélations les délivrent. Cela implique que la trame anecdotique soit infime, mais que les coups de théâtre psychologiques soient innombrables, un peu à la manière d'une romancière américaine qui lui doit beaucoup, Alison Lurie, ou encore de sa contemporaine Elizabeth Taylor, dont *Mrs Palfrey at the Claremont* présente bien des traits communs avec son œuvre.

∴

Le premier roman que Barbara Pym écrivit avait pour titre *Young Men in Fancy Dress*, comme elle le révéla dans une interview télévisée en avril 1978 : elle avait seize ans et racontait la vie de bohème à Chelsea, ce qui la rapprochait d'Antonia White, dont *The Sugar House* a le même thème. Suivirent plusieurs autres tentatives, *Civil to Strangers,* où elle romançait sa liaison avec Henry Harvey, rencontré en 1933, (qui inspirera également *Some Tame Gazelle*), puis *Something to Remember* et *Crampton Hodnet*. Mais c'est surtout à *Some Tame Gazelle,* que Barbara Pym s'attachera : elle le propose à Jonathan Cape dès 1936 : ce « roman avec des personnes réelles » sera accepté par l'éditeur, sous réserve de quelques modifications. Mais après transformations, le roman est refusé. En août 1938, Barbara Pym part pour la Pologne, où elle est préceptrice de la fille du Dr Michal Alberg. Mais elle en revient au bout de quelques semaines à cause de la situation politique. Ce n'est qu'après la guerre, où elle s'est engagée comme WREN (officier féminin de l'armée anglaise), ce qui la conduira à Naples, qu'elle verra son premier livre enfin publié.

A *Some Tame Gazelle* (1950) succèdent *Excellent Women* (1952), *Jane and Prudence* (1953), *Less Than Angels* (1955), *A Glass of Blessings* (1958) et *No Fond Return of Love* (1961). Ces publications régulières lui assurent un succès honorable : un feuilleton est tiré du deuxième roman. Le dernier, qui est une sorte d'enquête farfelue de deux vieilles filles poursuivant en villégiature un prêtre, est le plus original et en même temps, avec l'amorce de la vieillesse, le plus déchirant. C'est là que l'imprévu se produit : son septième roman est refusé.

*
* *

Nous sommes en 1963. *An Unsuitable Attachment* raconte l'expédition d'une paroisse anglicane à Rome. C'est l'univers habituel de Pym qui décrit une Italie, jusqu'ici inédite dans ses romans, bien qu'elle y ait vécu pendant la guerre. Ce refus absolument injustifié inquiète profondément l'auteur qui commence à douter d'elle-même et s'astreint à écrire un roman « académique », c'est-à-dire situé dans un milieu universitaire, comme ceux de Margaret Drabble, qui était en tête des best-sellers. Avec *An Academic Question* (qui ne sera publié qu'en 1986, chez Macmillan), Pym tente de se mettre au diapason des succès commerciaux. En vain : elle ne renonce pas à elle-même, dans ce roman tout aussi pymien que les précédents.

Elle a, cependant, fait la connaissance (épistolaire) de quelqu'un qui allait être déterminant pour sa résurrection littéraire : le poète Philip Larkin. Ils ne se rencontreront pas avant 1975.

The Sweet Dove Died (*La douce colombe est morte*) est refusé par vingt éditeurs. Elle décide de se dissimuler sous un pseudonyme, prenant les noms de son père et de sa mère et forgeant Tom Crampton. Elle propose le manuscrit sous différents titres : *Leonora* ou *An Object of Virtue.* Sans plus de succès. Envoyant le manuscrit à Philip Larkin, en septembre 1968, elle ironisait : « un polar sur les élections présidentielles aux Etats-Unis ? »... Un an plus tard, après de nombreux refus d'éditeurs, elle écrira amèrement : « Quelle lectrice voudrait s'identifier à Leonora ? Si seulement on pouvait écrire sur des personnages du genre de ceux de Margaret Drabble ! Mais je suppose que j'en aurais été incapable, même à son âge, alors... Peut-être que la meilleure chose à faire maintenant est de ne plus écrire que des bibliographies. » (Lettre à Philip Larkin, 27 mai 1969, in *A Very Private Eye,* An Autobiography in Letters and Diaries, Panther ed. 1985.)

⁂

En mai 1971, Barbara Pym est opérée d'un cancer au sein. Elle s'en remet et continue à travailler à l'Institut africain. Sa sœur achète un cottage à Finstock, à une vingtaine de kilomètres à l'ouest d'Oxford. En 1974, après son attaque, elle s'installera définitivement dans le village qui sera le théâtre de son dernier roman *A Few Green Leaves* (*Un brin de verdure*). C'est à Finstock, que Barbara Pym écrira le roman de son *come back, Quartet in Autumn,* bouleversante chronique de la vieillesse, qui met en scène quatre petits employés de bureau qui prennent leur retraite. Ce roman, soumis à Cape, sera refusé comme les autres.

Durant cette période, Barbara Pym note dans ses carnets : « Quel tort y a-t-il à s'intéresser à des trivialités ? Certains l'ont reproché à *The Sweet Dove Died.* De quoi est pleine la tête de mes critiques ? De quelles pensées plus nobles et plus dignes ? »

⁂

Le 21 janvier 1977, le *T.L.S.* (le supplément littéraire de *Times*) interroge quelques critiques sur les écrivains anglais qu'ils pensent sous-estimés. Barbara Pym est la seule à être citée deux fois. Par son ami Philip Larkin, bien sûr, et par Lord David Cecil qui devait écrire : « Ses romans dépourvus de toute prétention, subtils, accomplis, sont pour moi les exemples les plus beaux de comédie brillante, parus en Angleterre durant ces soixante-quinze dernières années. »

C'est assez pour intriguer les éditeurs si unanimes dans leur rejet. C'est vrai, se demande-t-on alors, qu'est devenue Barbara Pym ? A la différence de Jean Rhys que, jusqu'à la parution de la *Prisonnière des Sargasses,* tout le monde croyait morte et enterrée, il était difficile d'ignorer sans mauvaise foi que Barbara Pym était bien vivante. Avec une parfaite régularité les manuscrits signés de son nom étaient tombés sur les bureaux des conseillers littéraires et aussitôt renvoyés avec d'anonymes formules de refus.

Cette fois-ci, Macmillan, l'éditeur auquel Barbara Pym s'adresse, accepte immédiatement *Quartet in Autumn,* qui se trouve en tête des listes des meilleures ventes et qui est acclamé par la critique, bientôt suivi par *The Sweet Dove Died,* chez le même éditeur. Les Etats-Unis reprennent ces titres. Et Barbara Pym constate avec ravissement « On m'enseigne à l'université ! »

Plusieurs rechutes (des attaques, une crise cardiaque, la réapparition de son cancer) ne l'empêcheront pas de terminer *Un brin de verdure,* qui paraîtra après sa mort. Nulle amertume dans les dernières lettres de Barbara Pym. Sinon peut-être dans cette lettre adressée à son ami Bob Smith, qui l'avait interrogée sur la réaction du modèle de *La douce colombe est morte* après la parution si longtemps retardée du livre : « Qu'a-t-il dit du livre ? Eh bien, il a été assez prudent pour ne formuler aucun commentaire, sauf pour dire qu'il l'avait lu avec plaisir. C'était une si vieille histoire de toute façon... Je n'ai guère pensé que quoi que ce soit de plus profitable que ce roman en sortirait. »

∴

D'un de ses personnages, Barbara Pym écrivit : « Dans les films et les romans, elle se délectait des scènes palpitantes, mais dans la vie réelle, elle les trouvait à la fois embarrassantes et déprimantes. Elle savait qu'en définitive, la réalité n'avait jamais l'intensité de la fiction et elle était heureuse qu'il en fût ainsi. » C'est un jugement ambigu, c'est une phrase d'écrivain. Oui, ses personnages redoutent de vivre ce qui leur semble ne relever que de la littérature, la passion à la Jane Austen, ou même à la Rosamond Lehmann ou Elizabeth Bowen (que lisent, en effet, certaines de ses héroïnes). Mais en même temps, Pym savait que l'écrivain avait cette force unique de rendre réelle la fiction, de permettre au lecteur de vivre ce que, s'il n'est pas écrivain lui-même, il ne pourra vivre autrement que dans les livres qu'il lit. Ce qui, en somme, exprime une véritable philosophie de la littérature.

René de Ceccaty
1987

A R.

« J'avais une colombe, et la douce colombe est
[morte ;
Et j'ai pensé qu'elle était morte de chagrin ;
O, quel pouvait bien être ce chagrin ? Ses pieds
[étaient liés
Par un unique fil de ma propre main tissé... »

John KEATS

I

« Une salle des ventes n'est pas un endroit pour une femme », déclara Humphrey Boyce, alors que son neveu James et lui-même déjeunaient avec la séduisante inconnue qu'ils avaient rencontrée dans une salle des ventes de Bond Street une demi-heure plus tôt.

« Mais vous me grondez », dit Léonora avec une humilité feinte. « Je sais que c'était stupide de ma part, mais je suppose que c'était l'excitation des enchères — la première fois de ma vie — et puis avoir ce cher petit livre. C'était tout simplement trop irrésistible ! »

« Et il faisait si chaud dans cette pièce », suggéra James, essayant de prendre part à la conversation, car après tout, c'était lui qui avait vu cette femme en noir perdre l'équilibre et s'effondrer presque à l'instant de son triomphe, quand elle avait enchéri sur le « Vingt livres à la table ?[1] » plutôt las du commissaire-priseur en criant « Vingt-cinq ! ». A eux deux, James et Humphrey l'avaient aidée à sortir de la salle des ventes et ensuite il

1. C'est là que se trouvent les marchands.

avait semblé naturel que tous les trois déjeunassent ensemble.

Cela mis à part, la vente avait été très ennuyeuse, pensait James. Il ne s'intéressait pas aux livres et avait passé son temps à regarder oisivement les marchands, courbés au-dessus de la table dans leurs vêtements minables, qui, pour faire leurs offres, haussaient le sourcil, levaient la main ou avançaient leur catalogue de façon à peine perceptible. Les autres enchérisseurs ou spectateurs, des hommes pour la plupart, étaient assis en rangs serrés sur des petites chaises ou bien se tenaient debout dans les coins. Un grand homme à la vulgarité un peu tapageuse, appuyé contre le mur, avait posé son regard sur James, et chaque fois que James jetait un coup d'œil dans sa direction il se trouvait qu'il l'observait intensément. James baissa les yeux, se sentant ridicule mais aussi un peu flatté. Il n'était pas tout à fait sûr de souhaiter ce genre d'admiration et il se surprit à se demander si la diversion du quasi-évanouissement de Léonora ne l'avait pas sauvé d'un destin pire que la mort.

« Ma chère Miss Eyre », disait Humphrey, « un mandataire aurait pu faire l'offre à votre place, ou bien je l'aurais volontiers faite moi-même si j'avais su. »

« Comme vous êtes aimable — je m'en souviendrai une autre fois. Avez-vous des livres dans votre magasin d'antiquités ? » demanda Léonora.

« Non, nous sommes spécialisés dans la porcelaine, les bronzes, et les petits objets — vous savez... »

« Objets d'art et de vertu[1] », murmura-t-elle avec un accent délicieux.

« Tout à fait. » Humphrey se pencha vers elle avec admiration pour remplir son verre d'un vin du Rhin qu'il avait jugé particulièrement approprié à la circonstance. Que cette créature exquise eût été exposée à la présence avilissante des marchands était une pensée insoutenable qui le remplissait d'horreur. Une vente de livres surtout n'était certainement pas un endroit pour une femme ; s'il s'était agi d'une vente de tableaux ou de porcelaines, de celles qui voient monter leurs prix jusqu'à faire la une des journaux, ou bien une vente en soirée — retransmise à la télévision par exemple — à laquelle une femme pût être escortée après avoir été régalée comme il sied — cela eût pu être tout autre chose.

« Et vous... » Léonora porta son regard sur James. « Vous assistez votre oncle dans cette affaire ? »

« J'essaie d'apprendre le métier », dit James.

«Oui, j'ai pensé qu'une vente de livres pouvait être une expérience utile pour lui », dit Humphrey. « Il arrive que l'on tombe sur de bons livres dans les ventes de maisons de campagne. Quel heureux accident, que nous soyons venus ici aujourd'hui ! »

James pensa que son oncle se rendait un peu ridicule. Miss Eyre avait certainement l'âge qui convenait pour qu'Humphrey l'épousât, si c'était ce qu'il voulait ; mais il était veuf depuis si longtemps qu'il semblait peu vraisemblable qu'il souhaitât amender les arrangements convenables auxquels il était

1. En français dans le texte.

arrivé pour prendre un parti aussi énergique que le mariage. Au cours de cette première rencontre, James admira beaucoup Léonora, il admira surtout l'élégance inhabituelle et démodée de son chapeau à larges bords qui jetait des ombres fascinantes sur un visage qui commençait probablement à appeler ce genre de flatterie. Il était attiré par elle comme un jeune homme peut l'être parfois par une femme qui pourrait être sa mère.

« Il faut que vous veniez voir le magasin », proposa-t-il. « C'est tout près de Sloane Square. »

« Certes, oui, si vous vous trouvez un jour près de Sloane Square », renchérit Humphrey, « et cela arrive très souvent en fait, non ? »

« C'est vrai », dit Léonora en souriant. « On essaie bien d'organiser ses journées de façon à visiter autant d'endroits agréables que possible et à éviter ceux que l'on n'aime pas. »

James fut surpris de l'entendre parler ainsi et se demanda comment elle faisait pour « organiser » ses journées de cette façon-là, quand la plupart des gens que l'on connaissait étaient obligés de travailler ou menaient des vies mornes bornées à leur maison. Peut-être avait-elle de l'argent ou était-elle « entretenue » d'une manière désuète comme une maîtresse edwardienne à St John's Wood. Oui, il se pouvait bien qu'il en fût ainsi, pensa-t-il, quand il l'entendit donner son adresse à Humphrey.

« C'est une petite maison tout à fait charmante », dit-elle. « J'espère que vous et votre neveu viendrez dîner avec moi un soir, que je puisse payer de retour votre amabilité et vous rendre ce délicieux déjeuner. »

Ils la conduisirent à un taxi — « tout droit chez moi que je puisse me délecter de ce ravissant petit livre » — puis ils prirent la direction du magasin d'antiquités.

« Eh bien ! », dit Humphrey sur un ton paternel, ne sachant pas vraiment quelle remarque faire à son neveu sur une femme qui les avait apparemment séduits tous deux. « Cette vente s'est avérée plus intéressante que nous ne l'escomptions. »

« Oui. » Le rire de James trahissait un certain embarras. « Je me demande si nous la reverrons. »

« Oh, certainement. » Humphrey semblait assuré qu'il en serait ainsi. « Bon », dit-il, hésitant au bord du trottoir. « Je crois que je ne retournerai pas au magasin avec toi cet après-midi. Toi et Miss Caton pouvez très bien vous débrouiller tout seuls. Ce sera une bonne expérience pour toi. »

James ne dit rien. Humphrey qualifiait tout ce que James n'avait pas particulièrement envie de faire de « bonne expérience », mais comme il était probable qu'il n'y aurait pas de clients, il imaginait qu'il saurait faire face.

Humphrey tourna et partit dans la direction opposée, souriant intérieurement. Il se sentait une certaine responsabilité à l'égard de James, seul fils de son frère tué à la guerre, et qui avait tout récemment perdu aussi sa mère. Il y avait quelque chose dans l'idée qu'il était orphelin qui lui faisait donner le meilleur de lui-même, ce désir de faire le bien sans trop de dérangement personnel qui sommeille chez la plupart d'entre nous. Quand James était venu d'Oxford après des études banales et sans ambitions particulières, Humphrey n'avait pas éprouvé la moindre difficulté à le prendre dans son magasin et lui offrir de lui apprendre ce qu'il savait. Les connaissances d'Humphrey n'étaient pas si extraordinaires que cela mais c'était mieux que la totale ignorance de son neveu. En outre, la beauté de James et ses manières plaisantes étaient un atout incontestable quand il s'agissait d'attirer les clients dans le magasin et de convaincre les Américaines difficiles de délier leur bourse, et cet arrangement fonctionnait de façon très satisfaisante. Humphrey avait son appartement à Kensington alors que James habitait plus modestement Notting Hill Gate. Leurs vies sociales ne se chevauchaient en aucune manière, car un oncle de près de soixante ans avait peu de chose en commun avec un neveu de vingt-quatre, et Humphrey était soulagé de ne pas avoir à passer trop de temps avec James. Maintenant, par exemple, il avait l'intention de retourner à son appartement pour une courte sieste, à la suite de quoi il se rendrait à son club pour dîner et faire un bridge. James, pensait-il, quitterait le magasin à cinq heures et demie, après s'être assuré qu'il était bien fermé — bien qu'il soupçonnât Miss Caton, sa secrétaire d'âge mûr, admirable de maniaquerie, de ne pas vraiment faire confiance à James et de vouloir être la dernière à partir — et puis, soit il retournerait à Notting Hill Gate, soit il irait goûter à la vie de Chelsea, dont Humphrey n'avait pas une idée bien nette, car il y avait un certain temps qu'il n'avait pas mis les pieds à King's Road, endroit si changé maintenant. Ce que James faisait de son temps libre le concernait seul et Humphrey ne s'en sentait pas responsable, sauf pour espérer qu'il aurait le bon sens de ne pas rendre une fille enceinte ni de se faire prendre à fumer de l'herbe. En entrant au club, il chassa James de ses pensées, mais il ne manqua pas de se demander comment Léonora Eyre passait ses soirées. Aimait-elle l'opéra ou le théâtre ? Ce genre d'invitation pourrait bien être ce qu'il tenterait d'abord.

L'après-midi de James se déroula de façon désespérément prévisible. Personne ne vint, le téléphone sonna mais c'était l'amie de Miss Caton avec qui elle eut une conversation énigmatique, sur la composition de leur repas du soir apparemment. A cinq heures et demie James partit, Miss Caton ayant promis de fermer, et il retourna à son appartement se préparer pour la soirée. Il allait à une « party » que donnaient deux anciens camarades de classe dans leur appartement de Camden Town. La porte s'ouvrirait, il serait submergé par un flot de musique et de paroles, et il se trouverait pris au piège dans un coin avec une fille qui n'entendrait pas ce qu'il dirait. Non pas qu'il trouvât des choses particulièrement intéressantes à dire en ces occasions, de toute manière ; il avait passé tant de temps avec sa mère qu'encore maintenant il lui était moins difficile de parler à des femmes plus âgées. Il n'avait certainement pas pris l'habitude de coucher avec des filles et n'avait jamais fumé d'herbe, Humphrey n'avait donc pas à s'inquiéter. James ne savait pas encore vraiment ce qu'il attendait de la vie, et jusque-là il avait eu tendance à éviter la violence des extrêmes quels qu'ils fussent.

II

Léonora aussi allait à une « party » ce soir-là, bien que de nature différente de celle à laquelle James était invité. C'était simplement un dîner chez une femme qu'elle avait connue à l'époque où elle travaillait. La seule chose qui sortirait de l'ordinaire était que le jeune ami ou protégé de Meg, Colin, y serait, comme c'était presque toujours le cas en ce moment, depuis qu'elle l'avait pris sous son aile et l'avait secouru dans ses multiples ennuis. Ce soir, un nouvel ami de Colin allait y être aussi, c'était sans doute la raison pour laquelle on avait demandé à Léonora de compléter cet étrange quatuor de deux femmes qui approchaient la cinquantaine et de deux jeunes hommes qui n'avaient pas trente ans.

Le nom de cet ami était Harold, et avec sa beauté brutale il dominait le fragile petit Colin à la grâce délicate. La conversation fut laborieuse au début, tant que Meg resta dans la cuisine à s'occuper du repas. Il était évident qu'Harold n'était pas de leur « monde », mais Colin bavardait assez pour deux, et à l'occasion il lançait une plaisanterie complice à Harold qui était assis muet de timidité, et apparemment inaccessible au charme de Léonora. Il sembla plus à l'aise quand Meg revint, son bon visage sans grâce rouge d'être trop resté au-dessus de la cuisinière, et qu'elle les pria de se mettre à table. Il la taquinait : pour trouver le cœur d'un homme il fallait savoir flatter son palais ; et Meg semblait ridiculement heureuse. Comme si la question se fût posée, pensa Léonora avec mépris. Mais bien sûr Meg était dévouée à Colin et il était probable qu'elle était obligée de supporter ses amis aussi. Il y en avait eu bon nombre au cours des années — un jeune homme dans la publicité, un producteur de télévision, un fonctionnaire, un Indien, même un vicaire, une fois. Léonora n'arrivait pas vraiment à situer Harold et se demandait ce qu'il pouvait faire ; elle ne manquerait pas de l'apprendre au cours de la soirée. Comme cette réunion était différente de l'aventure intéressante qui lui était arrivée à la vente de livres et du déjeuner si agréable avec le charmant antiquaire et son neveu ! Un de ces jours elle se « trouverait » certainement près de Sloane Square. Mais pas maintenant, pas encore. Elle attendrait exactement le bon moment, et il ne manquerait pas d'arriver.

« Quelle agréable soirée », dit-elle, vers dix heures et demie. « J'ai vraiment passé un moment délicieux. Je ne me rendais pas compte qu'il était si tard. »

« Et comment vas-tu rentrer ? » demanda Meg avec l'air évasif que prennent les gens qui ont des voitures pour s'adresser à ceux qui n'en ont pas.

« Oh, ça ira », dit Léonora avec un sourire

énigmatique, comme si elle avait eu un tapis volant à sa disposition.

Les jeunes gens ne bougèrent ni l'un ni l'autre si bien que Meg fut obligée de proposer de reconduire Léonora elle-même.

« Je me demande comment tu te débrouilles sans voiture », dit-elle, probablement irritée de voir Léonora à la porte dans sa veste de fourrure sombre, la tête drapée d'un carré de mousseline abricot. Personne ne portait les foulards comme Léonora.

Léonora haussa les épaules. On ne conduisait pas et c'était tout, les gens étaient toujours si aimables. Et puis il y avait les taxis. « Je ne saurais accepter que tu me raccompagnes », dit-elle. « Je trouverai un taxi à la station. »

« Mais ils prennent toujours le chemin le plus long et attendent des pourboires astronomiques », se lamenta Meg.

« Cela n'a jamais été mon impression », dit Léonora. « Les chauffeurs de taxi sont d'ordinaire des petits messieurs adorables. »

« Eh bien, si vraiment ça ne te gêne pas... » Meg, de toute évidence, répugnait à interrompre sa soirée. « Je vais juste venir à la station avec toi pour m'assurer qu'il y en a un. »

Elle ferma la porte de l'appartement avec soin derrière elle. Léonora fit une remarque sur la tarte au citron meringuée qui était si délicieuse.

« C'est le gâteau préféré de Colin », dit Meg.

Le sourire qu'eut Léonora n'était pas dénué de pitié. Elle imaginait Meg étalant la pâte, fouettant la crème, battant les blancs d'œufs, tout cela pour ce stupide petit Colin.

« Comment as-tu trouvé Harold ? » demanda Meg.

« Je ne me suis pas vraiment fait d'opinion. Pas le genre d'ami habituel à Colin, si ? »

« Non. » Meg baissa la voix bien qu'elles fussent dans la rue maintenant. « Les amants de Colin » — elle avança le mot avec courage — « ne sont pas comme ça en général. Il a eu tant de malheurs, mais je crois qu'Harold va lui faire beaucoup de bien. Il travaille comme assistant chez un vétérinaire. »

« Mon Dieu ! » s'exclama Léonora.

« Oui, c'est vrai. N'as-tu pas remarqué ses mains fortes et généreuses ? »

Il était vrai que ses mains étaient rouges et donnaient une impression de robustesse, peut-être à force d'être trempées dans l'eau chaude et le désinfectant.

« Ah ! voici un taxi », dit Meg. « Au revoir, ma chérie. Il faut que nous déjeunions ensemble un de ces jours. »

Léonora offrit sa joue. Elle n'aimait pas être embrassée par une femme, en fait elle n'aimait cela de personne vraiment. Il faisait bon s'enfoncer dans l'obscurité fraîche du taxi. Le chauffeur, elle le voyait maintenant, était un Noir, mais elle était sûre qu'il s'avérerait aussi « adorable » que les autres chauffeurs de taxi l'étaient habituellement avec elle.

Meg habitait un quartier sans grand renom, mais les hautes maisons minables, aux couleurs parfois criardes, furent bientôt dépassées et firent place à des façades crème ou blanches discrètement brillantes dont l'une abritait la vie de Léonora. Le chauffeur de taxi sourit à son pourboire généreux et lui souhaita bonne nuit d'une voix si chaude et si douce qu'elle se serait crue une beauté de Georgie que l'on aide à sortir de sa voiture, ou un colon au temps où les domestiques noirs étaient humbles et dévoués.

Elle ouvrit la porte d'entrée et ressentit comme toujours le plaisir d'être chez elle parmi les jolis meubles victoriens et les objets dont elle s'était entourée. Elle plaignait Meg d'être dans cet appartement qui n'était que désordre et anarchie avec des jeunes gens fatigants et se demanda s'ils étaient restés l'aider à faire la vaisselle. L'appartement de Meg serait bien vide quand ils seraient partis ; tout cela était très différent de sa tranquille solitude à elle.

Léonora se flattait que sa vie fût l'image de la sérénité d'esprit, au-delà de toute passion, ou, plus rarement, de l'émotion retrouvée dans la paix de la mémoire. Mais y avait-il eu vraiment de la passion, ou même de l'émotion ? Une ou deux scènes de larmes au lit — car elle n'avait jamais aimé ce genre de choses — et maintenant c'était un tel soulagement de ne plus avoir à s'inquiéter.

Ses amis hommes étaient pour la plupart des messieurs cultivés d'un certain âge, qui admiraient son élégance et ne demandaient rien de plus que le plaisir de sa compagnie. Des hommes qui n'étaient pas sans ressembler à Humphrey Boyce, en vérité.

Le large lit à tête de cuivre néo-victorienne portait aux pensées agréables et Léonora s'apprêta à dormir. Ni bible, ni livre de dévotion, ni réveil n'offensaient le charme mondain de sa table de chevet. Browning et Matthew Arnold — ses poètes préférés — avaient place auprès de son eau de Guerlain, d'un flacon de sels, de doux mouchoirs en papier aigue-marine, d'une fiole de pilules aux couleurs vives pour apaiser tension et fatigue, et présidant sur toutes ces choses, les photographies fanées d'un bel homme et d'une femme au visage doux, en costume de la fin de l'époque victorienne. Il y avait longtemps que Léonora avait décidé que ses grands-parents avaient l'air beaucoup plus distingué que ses père et mère dont les photographies avaient été cachées dans un tiroir. Son père était attaché au consulat, et l'enfance de Léonora ainsi que sa jeunesse s'étaient passées dans diverses villes d'Europe dont elle gardait de nombreux souvenirs personnels. A dire vrai, le récit de ces souvenirs, épisodes et rencontres romantiques, rendait parfois sa conversation quelque peu lassante, si bien que les gens qui la connaissaient avaient tendance à ne pas mentionner Lisbonne, Dresde ou Vienne s'ils pouvaient l'éviter. Ses parents lui avaient laissé assez d'argent pour vivre, et elle n'était pas obligée de travailler à moins d'en éprouver le désir. Pendant un certain temps, après la guerre, elle avait eu un emploi dans la maison d'édition où travaillait Meg, mais voir des manuels scolaires mis sous presse était une occupation indigne, pensait Léonora. La seule chose à dire en faveur du travail était qu'il laissait moins de place à la mélancolie et qu'en soi il était censé donner de la satisfaction aux gens d'un certain âge. Non pas qu'on fût porté à la mélancolie. Naturellement, la pensée de la mort venait à l'esprit de temps en temps, mais l'on essayait d'être raisonnable, de ne pas s'affoler, de ne pas la rejeter. Léonora s'attarda un instant sur l'image de l'ami de

Colin, Harold, imaginant ses mains fortes et généreuses en train de donner la mort à un animal. On ne voulait certainement pas penser à cette chose-là. Pourtant, il n'y avait aucune raison pour que la mort ne fût pas, à sa manière, aussi élégante que la vie, et l'on ferait tout son possible pour qu'il en soit ainsi.

III

James n'était pas aussi ponctuel qu'il aurait pu l'être au magasin, mais pour une fois Humphrey ne fit pas de commentaire. Il avait l'air content et il allait souriant et fredonnant de façon agaçante comme s'il eût été occupé à quelque affaire secrète qu'il voulait cacher à son neveu.

Finalement, il ne put se contenir plus longtemps. « Je ne serai pas ici cet après-midi », déclara-t-il, « mais je suis sûr que Miss Caton et toi vous débrouillerez parfaitement. »

James pensa qu'ils ne manquaient certainement pas de pratique, mais il n'était pas impertinent de nature et il se tut.

« J'invite Miss Eyre à déjeuner », continua Humphrey, « et ensuite nous irons à cette exposition chez Agnew ; je pense que ça lui plaira. C'est bien dans ses cordes, j'imagine. »

« Oui, j'en suis convaincu », dit James mollement. « L'amèneras-tu ici après ? Elle avait dit qu'elle aimerait voir le magasin. »

« C'est possible. On verra comment les choses se passent. » Humphrey avait l'air mystérieux, et au cas où James se fût mépris, il ajouta hâtivement : « Il se peut qu'elle soit trop fatiguée pour venir jusqu'à Sloane Square. Je suppose qu'elle n'est pas très résistante. Elle aura peut-être envie de rentrer. »

« Oh, sans doute », dit James que le sujet commençait à lasser. « Présente mes compliments à Miss Eyre, ou ce qui te semble approprié. »

« Je n'y manquerai pas », dit Humphrey.

L'invitation à déjeuner d'Humphrey et l'exposition avaient pris Léonora au dépourvu ; elle n'avait pas encore eu l'occasion de « se trouver » près de Sloane Square et de faire une visite surprise au magasin. Elle fut un peu piquée qu'on lui eût ôté l'affaire des mains et éprouva une déception tout à fait ridicule quand elle apprit qu'elle et Humphrey allaient déjeuner seuls, sans James. Elle se plaisait à l'idée de le revoir — on avait besoin de la compagnie des jeunes quelquefois, et celle de jeunes gens bien faits était toujours particulièrement agréable. En fait, la compagnie d'Humphrey ne serait pas très différente de celle de l'un quelconque de ses vieux admirateurs qui l'emmenaient dans des restaurants onéreux et l'accablaient de compliments.

L'exposition fut un enchantement, des portraits de famille de grandes maisons, et tout à fait au goût de Léonora au demeurant.

Ça lui va vraiment comme un gant, pensa Humphrey inélégamment, alors qu'il la regardait admirer les tableaux ; cela avait été une bonne idée.

« Plus de ventes aux enchères, j'espère ? » demanda-t-il sur un ton taquin.

« Certainement pas ! » dit-elle. « C'est vous qui ferez tout ça pour moi à l'avenir. Vous ou James, je veux dire. J'espère qu'il va bien ? »

« James ? S'il va bien ? » Humphrey semblait déconcerté, car comment en aurait-il pu être autrement de son neveu ? « Oh ! oui, James va bien, merci. Je lui ai confié le magasin cet après-midi. »

« Nous pourrions peut-être aller le surprendre ? Je jouerai à la cliente. »

« Ma chère Léonora » — ils avaient atteint le stade des prénoms au milieu du déjeuner — « mais certainement, si vous êtes sûre de n'être pas trop fatiguée. »

« Il se pourrait que j'achète quelques cadeaux de Noël. »

« Mon Dieu, c'est déjà Noël ? » dit Humphrey. « Je suppose que les femmes commencent leurs achats bien plus tôt que nous. »

Il pensa avec quelque bassesse à une ou deux choses du magasin qu'on pourrait persuader Léonora d'acheter si elle cherchait vraiment des cadeaux de Noël, mais la question ne se posa apparemment pas lorsqu'ils arrivèrent. Bien qu'elle admirât un couple de cailles chinoises, frissonnât devant un netsuké, et tombât en extase devant un presse-papiers victorien, elle ne demanda le prix de rien. Tout ce qui en résulta fut qu'Humphrey nota mentalement qu'un presse-papiers, peut-être un peu moins cher que celui qu'elle avait admiré, pourrait faire un cadeau de Noël acceptable pour elle.

Léonora regarda sa montre. « Il est temps que je parte », dit-elle. « Il serait désagréable de se faire prendre dans la cohue des heures de pointe. »

« Je vais vous reconduire », dit James, qui

n'avait pas tellement eu l'occasion de s'exprimer jusque-là.

« Oh, non, mon cher James », dit Humphrey. « Ce n'est pas nécessaire. Ma voiture est garée au coin de la rue. »

« La mienne aussi », dit James, « et je vais dans la même direction que Miss Eyre. »

Léonora se tenait entre les deux hommes, souriante. Les gens étaient si dévoués. « Il ne faut pas que je vous fasse faire un détour », dit-elle à Humphrey. « S'il est vrai que James va plus ou moins dans la même direction que moi... »

Dans la voiture de James, elle s'adossa confortablement et releva son col de fourrure contre son cou. Il lui demanda si la vitre ouverte ne lui faisait pas de courant d'air.

« Non, c'est simplement que j'aime la sensation de la fourrure près de mon visage. »

« Je suppose que ce doit être agréable », dit James, qui n'en avait pas l'expérience. Il se sentait plutôt timide, comme si sa remarque avait été trop intime pour une si récente amitié, et il ne trouva rien d'autre à dire.

« Votre oncle habite à Kensington, n'est-ce pas ? » demanda Léonora. « J'aurais été bien fâchée de lui causer du tracas, surtout quand il a été si gentil. »

« Je suis sûr qu'il n'y aurait pas vu le moindre tracas », dit James. « Après tout, ça ne prend pas longtemps en voiture. »

« Vous habitez à Notting Hill Gate, je crois ? »

« Oui, j'ai un appartement. »

« Vous n'habitez pas avec votre famille, alors ? Non, cela paraît évident. »

« C'est-à-dire, je n'ai pas de famille », dit

James, embarrassé. « Mes parents sont morts tous les deux. »

« Mon pauvre garçon ! » Léonora craignit que sa réponse ne parût trop légère et peu sincère, mais que pouvait-on dire ? Ils roulèrent en silence pendant un certain temps, puis James entreprit de lui demander la meilleure façon d'aller chez elle. Quand ils arrivèrent, il sortit de la voiture et en fit le tour pour lui ouvrir la portière.

« Voulez-vous entrer prendre un verre ? » demanda Léonora sans chaleur, presque indifférente.

James hésita. Etait-ce simplement de la politesse ? se demanda-t-il. Et en avait-il vraiment envie ? Il était curieux de voir l'intérieur de la maison et il pourrait toujours prétexter qu'il n'était pas libre ensuite s'il semblait difficile de s'en aller.

« Je suppose que vous sortez », dit Léonora.

« Non, j'accepte volontiers. Je pensais seulement que cela pourrait vous ennuyer. »

« Mon cher James », elle s'adressa à lui par son prénom pour la première fois, « vous l'aurais-je demandé si j'avais pensé cela ? »

Il n'y avait là pas de réponse possible et il la suivit dans le salon. Il était joliment meublé avec des petites pièces du début de l'époque victorienne, des porcelaines et des objets de verre de la même période. James remarqua que le livre de fleurs qu'elle avait acheté à la vente était exposé sur une petite table.

« Je l'ouvre à une page différente chaque jour », dit Léonora. « Il a tant de charme, vraiment. Je ne sais plus ce que j'avais choisi pour aujourd'hui. »

« Convolvulus rose », dit James, le regard baissé vers le livre.

« Et cela signifie » — Léonora vint à ses côtés comme pour lire, bien qu'elle en fût incapable sans lunettes, elle le savait.

« Valeur nourrie par une affection tendre et judicieuse », lut James sur un ton légèrement moqueur, car il ne savait pas vraiment ce que cela voulait dire.

« Si nous prenions un verre », dit Léonora ; elle se dirigea vers le placard d'angle et en sortit une carafe et des verres.

« Vous aimez les objets victoriens de toute évidence — je suppose que je devrais dire " Victoriana ". »

« Oui, je les adore. J'ai le sentiment qu'ils me ressemblent d'une certaine manière. »

James regarda Léonora avec plus d'intérêt. Elle portait une robe prune qui allait bien à son teint pâle et à sa sombre chevelure parfaitement coiffée. Dans la lumière plus flatteuse des lampes à pétrole reconverties, elle semblait plus jeune que dans la lumière du jour, ou bien, si jeune n'était pas exactement le mot, sans âge particulier.

« Je trouve que l'époque victorienne vous va bien », dit-il, « vous êtes tout à fait à votre place dans ce fauteuil. »

Léonora inclina la tête en reconnaissance de l'hommage, car elle était habituée à recevoir les compliments avec grâce.

« Et vous, vous appartenez à une période plus ancienne », rêvait-elle. « Peut-être le dix-huitième siècle ? On voit très bien un portrait de vous appuyé à un pilier en ruine. »

« Je ne saurais dire », dit James, se sentant un peu ridicule et regrettant de lui avoir fait ce compliment plutôt stupide.

« Vous ne ressemblez pas du tout à votre oncle. »

« Non, je tiens de la famille de ma mère. »

« Cheveux brun doré et yeux foncés — assez inhabituel. »

« Ma mère était américaine. »

« Vraiment ? Parlez-moi d'elle. » Léonora exprimait ce qui semblait être un intérêt sincère, mais James était gêné par le tour que prenait la conversation. Si obligeante fût-elle, même lui était assez clairvoyant pour se rendre compte que Léonora ne pouvait souhaiter passer la soirée à parler de sa mère.

Et presque comme si elle eût deviné ses pensées, Léonora changea de sujet en douceur, sans en avoir l'air, et lorsqu'elle suggéra qu'il pourrait avoir faim, il se surprit à lui accorder que c'était le cas.

« Je vais voir si je peux trouver quelque chose à manger, alors. »

« Oh, mais je ne voulais pas... » commença James. « Et vous n'aurez rien chez vous », ajouta-t-il maladroitement.

« On a toujours quelque chose — des conserves, des boîtes, des œufs, et des choses au frigo. »

« Je suppose que l'on vient souvent vous voir à l'improviste. »

« Oui, bien sûr. »

« Ça ne vous gêne pas de vivre seule, alors ? »

« Non — sinon je ne le ferais pas. »

James vit qu'il devait en être ainsi. Il n'y avait rien de pathétique en Léonora, et il était encore trop jeune pour savoir qu'une femme qui vit seule est toujours digne de pitié.

« Quelle sorte de voisins avez-vous ? » demanda-t-il.

« Un jeune couple d'un côté et mon amie Liz de l'autre. »

James sembla satisfait. « Alors ils pourraient s'occuper de vous si vous étiez malade ? »

« Oui, bien sûr. Et vous ? Que se passe-t-il lorsque vous êtes malade ? »

« Il y a une âme maternelle dans l'appartement du dessous qui aime être aux petits soins pour moi. »

Léonora ressentit une légère pointe de déplaisir mais ne fit pas de commentaire. Elle avait disposé le repas — pâté, salade, omelette — sur une table ronde dans la cuisine. James mangeait de bon cœur.

« Je déteste les cuisines modernes qui ressemblent à des laboratoires », dit-elle lorsqu'il remarqua combien la pièce était colorée. « J'ai choisi ce papier rouge pour lui donner l'air plus chaud, et pour qu'elle semble plus habitée. »

Après le café, James se leva pour partir. « J'ai apprécié cette soirée », dit-il, et c'était tout à fait vrai. Il y avait quelque chose d'extrêmement sympathique en Léonora, même s'il ne savait pas encore vraiment comment la prendre.

« Il faut que vous veniez voir mon appartement un jour, vous me donnerez des conseils pour l'arranger. »

« Bien volontiers », dit-elle, « je serai heureuse de vous conseiller surtout. »

Ils étaient ensemble sur le pas de la porte lorsqu'un cri violent et strident déchira la nuit.

« Ma voisine Liz élève des chats siamois »,

expliqua Léonora. « J'aurais dû vous prévenir. »

« «Comme c'est étrange — ma voisine à moi aussi a un chat siamois. »

« Des créatures adorables », dit-elle sur le ton de ceux qui préfèrent admirer les animaux de loin. En rentrant dans la maison, elle plaignit, comme souvent, cette pauvre Liz dont le mari s'était conduit de façon « si épouvantable » qu'elle aimait maintenant les chats plus que les hommes.

Et maintenant un autre son se faisait entendre — des voix qui s'élevaient en une querelle bruyante. Mais il n'y avait pas à s'alarmer ; c'était la radio de Miss Foxe qui habitait l'étage supérieur de la maison. Elle la mettait toujours trop fort, mais Léonora préférait cette violente altercation au programme religieux du matin qui, avec ses voix bien modulées chantant des hymnes et son pasteur psalmodiant des prières, lui donnait toujours un sentiment de culpabilité. Pourtant était-ce sa faute à elle si Miss Foxe habitait déjà la maison à son arrivée, et si elle était une personne bien née et raffinée vivant dans la gêne ? Simplement on ne souhaitait pas voir des gens comme Miss Foxe pénétrer dans sa vie ; rien d'étonnant à ce qu'elle n'ait pas parlé d'elle à James lorsqu'il lui avait demandé qui étaient ses voisins.

IV

A l'approche de Noël, Léonora se surprit à se demander si Humphrey et James, ce dernier surtout peut-être, feraient quelque chose pour marquer l'événement. Il se pourrait bien qu'ils envoient une carte, probablement à l'en-tête du magasin d'antiquités ; c'était le moins qu'ils puissent faire, mais il y avait d'autres nuances de comportement, plus subtiles, qu'elle pouvait être en droit d'attendre. Finalement, une carte de James arriva — une madone espagnole choisie de toute évidence avec soin, signée simplement « James ». Puis la carte d'Humphrey — un paysage de neige victorien, ses noms et adresses, chez lui et au magasin, imprimés à l'intérieur ; mais « Humphrey Boyce » avait été rayé et « Humphrey » griffonné à la main au-dessus. Deux jours avant Noël, on apporta un paquet recommandé contenant un presse-papiers — peut-être celui même qu'elle avait admiré au magasin un après-midi — de la part d'Humphrey. Il avait l'air exquis sur son bureau en bas dans le salon ; mais c'était la carte de James qui se trouvait sur sa table de chevet.

Le jour de Noël même se passa à la façon

un peu mystérieuse dont se passent en général les journées de Noël des gens d'un certain âge sans enfants. Léonora croyait que James passait les vacances au ski en Autriche avec des amis ; elle ne savait pas ce qu'Humphrey faisait et n'en était pas particulièrement curieuse. Quant à elle, elle passa sa journée à régaler sa voisine Liz d'un dîner élégant que Liz apprécia à peine : elle était si absorbée par ses chats qu'elle devait constamment quitter la table pour voir s'ils appréciaient le foie de dinde qu'elle leur avait acheté.

Ce fut un soulagement de retourner à la vie normale et d'avoir passé la soirée du Nouvel an, avec sa sensation de tristesse. Les jours se firent plus longs et les premiers signes du printemps apparurent. Entre-temps la vie sociale avait repris son cours — Léonora entendait par là sa nouvelle vie sociale avec Humphrey et James. Il y eut des sorties à des ventes et des expositions, du théâtre, des ballets, de l'opéra, et des déjeuners et dîners dans l'appartement d'Humphrey ou la maison de Léonora. Puis Humphrey partit à l'étranger une quinzaine de jours pour affaires, et à son retour, il découvrit que James et Léonora s'étaient vus presque tous les jours et s'étaient installés dans une relation d'une singulière intimité. C'est comme si c'était son fils, pensa Humphrey, et comme James avait perdu sa mère, cette situation ne semblait pas déplacée ; pourtant, d'une autre façon, on eût dit que Léonora, en dirigeant son attention sur le jeune neveu plutôt que sur l'oncle veuf en situation de se marier, avait de nouveau fait preuve de cette pointe de perversité qui l'avait conduite à faire elle-même ses enchères à la vente de livres.

Un jour, aimait à penser Humphrey, elle s'ennuierait de la nouveauté qu'était la jeunesse de James et se rendrait aux qualités plus durables — aux vertus quasiment — d'un homme plus proche de son âge qui était grand, qui avait gardé sa ligne, et dont la calvitie restait des plus distinguées.

James voyait en Léonora une confidente plutôt qu'une mère, quelqu'un à qui il pouvait dire ses espoirs et ses ambitions, tels qu'ils étaient, ainsi que la plupart des événements de sa vie quotidienne. Bien sûr, il ne pouvait pas lui confier absolument tout, et elle aimait le taquiner sur les « parties » auxquelles il allait et sur les gens qu'il devait rencontrer — votre « vie secrète », disait-elle, comme si en en faisant un sujet de plaisanterie elle avait rendu impossible qu'il la trompât jamais. « Il faut que nous vous trouvions une gentille amie », disait-elle quelquefois, presque comme si elle le pensait vraiment.

Un soir, Léonora était assise seule auprès du feu à lire un roman d'Elizabeth Bowen, quand la sonnette d'entrée retentit. Elle savait que ce ne pouvait être James, car il lui avait dit qu'il allait à une « party » ce soir-là, à laquelle il ne pensait pas s'amuser. Il était réconfortant de penser que si elle avait laissé entendre qu'il fût possible qu'elle se sentît seule, il serait resté avec elle, mais bien sûr, elle l'avait encouragé à y aller, en disant qu'elle était persuadée qu'il s'amuserait lorsqu'il y serait, le genre de choses que l'on dit à un enfant. Pourtant, elle ne souhaitait pas qu'il s'amusât vraiment, et cette pensée lui donnait presque un sentiment de chaude intimité alors qu'elle était assise avec son livre, le regard parfois perdu dans le feu. Elle fut contrariée d'être interrompue et se leva pour répondre de mauvaise grâce.

Meg était sur le pas de la porte. Elle donnait une impression d'agitation extrême. « As-tu vu Colin quelque part ? » cria-t-elle, presque en larmes. « J'essaie tous les gens qui le connaissent, juste dans l'espoir... »

« Pourquoi diable aurais-je vu Colin ? » demanda Léonora avec froideur, en attirant Meg dans la maison. « Tu ferais mieux d'entrer te réchauffer et de me laisser te donner quelque chose à boire... »

Meg se laissa conduire vers le feu et installer dans un fauteuil. Léonora prit sa vieille veste en peau de mouton, la tenant à bout de bras comme si c'était la peau d'un animal un peu douteux, et la suspendit dans le vestibule. Meg était vraiment un spectacle, pensa-t-elle avec indifférence, dans un polo noir poussiéreux et un pantalon de velours vert déformé. Elle était hirsute et son visage était rouge, gonflé et souillé de larmes. Léonora détourna le regard en lui tendant un verre de whisky — comment pouvait-elle supporter qu'on la vît dans un tel état ? « Tu as l'air lamentable », dit-elle. « Que s'est-il passé ? »

Une histoire embrouillée s'ensuivit. Apparemment Colin n'était pas allé la voir pour Noël, n'était même pas venu chercher son cadeau, et lorsqu'elle l'avait appelé, il avait paru froid et évasif. Il y avait de cela des semaines et depuis elle n'avait pas eu la moindre nouvelle. Son appartement ne répondait pas et il avait ignoré deux lettres qu'elle avait écrites.

« Je suppose qu'il est parti quelque part avec

son ami », dit Léonora pour l'apaiser. « Harold », se souvint-elle, mais elle ne précisa pas quel ami au cas où ce ne serait plus le même.

« Oui, il n'est pas impossible qu'il soit avec Harold et sa mère à Gidea Park », admit Meg, non sans hésiter.

Léonora essaya de ne pas sourire à l'idée de Gidea Park, où que ce pût être.

« Mais la mère d'Harold n'a pas le téléphone, et je ne sais pas quoi faire. »

« Est-ce que cette situation ne s'est pas déjà produite ? » demanda Léonora avec délicatesse.

« Oh ! si, mais ça n'a jamais duré aussi longtemps. Je commence à penser que quelque chose a dû lui arriver. Harold est très jaloux bien sûr, je le sais bien. »

« Je ne m'inquiéterais pas », dit Léonora. « Tu fais beaucoup trop de cas de Colin, tu sais. »

« Mais, je n'ai rien d'autre que lui », cria Meg, la voix cassée.

Léonora se détourna avec dégoût. Bientôt Meg lui dirait qu'elle avait toujours désiré un enfant, et c'est ce qu'elle fit l'instant d'après. Léonora regretta de lui avoir offert du whisky ; du café bien fort, même si cela causait plus de dérangement, aurait été tout aussi efficace.

« Colin est un jeune homme très égoïste », dit-elle avec quelque suffisance, pensant peut-être à James, bien qu'il ne pût y avoir aucune comparaison bien sûr. « Il reprendra contact dès qu'il aura de nouveau besoin de toi. »

Le visage ravagé de Meg était empourpré. « Tu crois ? » dit-elle naïvement. « Oui, je suppose que c'est ce qu'il fera. Mais c'est si horrible cette incertitude... »

Elle semblait sur le point de fondre en larmes à nouveau, alors Léonora essaya de changer de sujet ou du moins d'en aborder un aspect différent. « Pourquoi n'irais-tu pas chez le coiffeur demain ? » suggéra-t-elle. « Tu aurais l'air élégante quand il reviendra. »

Meg sourit, peut-être à l'idée qu'elle pourrait jamais être « élégante », et elle porta la main à sa coiffure. « Oui, il le faut. Je sais que j'ai l'air horrible, mais Colin ne remarque jamais ce genre de choses. J'ai une bouteille de Riesling yougoslave au frigo », ajouta-t-elle, « c'est son vin préféré. »

Au moins, il n'avait pas des goûts onéreux, pensa Léonora. « Déjeunons ensemble un de ces jours », dit-elle. « Je suis sûre que les choses vont bientôt s'arranger. Appelle-moi. »

Meg promit de le faire et démarra, apparemment réconfortée. Léonora eut le sentiment d'avoir fait du bien — chose inhabituelle chez elle, et qu'elle aimait plutôt. Elle se réinstalla avec son livre, mais elle n'était plus d'humeur à lire. Il était plus agréable de repenser à l'air si lamentable de Meg et de s'apitoyer sur l'infortune de sa situation.

La soirée de James avait finalement été plus intéressante qu'il ne l'escomptait bien qu'elle eût débuté de façon peu prometteuse. Après être arrivé et s'être péniblement fait une place dans une masse compacte de gens, il se trouva à une table sur laquelle étaient posés des verres de vin rouge. Il en prit un, en but la moitié un peu trop rapidement, et leva les yeux pour constater qu'une fille le regardait d'un air détaché qui le mit mal à l'aise. Il lui sourit, car il était évident qu'ils n'avaient ni l'un ni l'autre quelqu'un à qui parler. Son verre était vide, et la bouteille anonyme avec laquelle il vint le remplir lui donna une occasion de l'aborder. Le vacarme de la soirée rendait la conversation difficile et il ne savait pas vraiment quelle avait été sa première remarque.

« Je travaille dans le commerce des antiquités », dit-il, faute de mieux ; il avait le sentiment qu'elle lui avait probablement demandé ce qu'il faisait, et si ce n'était pas le cas, c'était un début qui en valait un autre.

Elle était plutôt grande et austère ; il comprit qu'elle s'appelait Phoebe et qu'elle venait de passer une licence d'anglais dans une université dont il ne saisit pas le nom. Sa timidité le déconcertait, pourtant elle lui inspirait moins de crainte que les filles plus jolies qui lui donnaient toujours un sentiment de malaise et de médiocrité. Ces yeux vifs et moqueurs, qui pétillaient dans l'épaisseur de leurs faux cils, qu'attendaient-ils de lui ? Les yeux de Phoebe étaient marron, un peu comme des yeux de chien ; ils attendaient sûrement quelque chose eux aussi, mais il était moins facile de voir ce que c'était.

Phoebe ne voyait pas pourquoi c'était à elle que James parlait quand il y avait tant de filles plus attirantes dans la pièce ; puis elle se rendit compte qu'ils étaient pris au piège dans un coin, et qu'il ne pouvait pas s'échapper même s'il le voulait. Cette constatation la déprima et elle cessa d'essayer de parler, détournant son visage et parcourant la pièce d'un regard morose.

James se demanda s'il avait dit quelque

chose pour l'offenser ou la contrarier, mais ne trouva pas quoi. Curieusement, elle lui paraissait attirante, et il voulait en savoir davantage sur elle. Avec audace, il émit l'idée qu'ils pourraient quitter la soirée et dîner ensemble. Il se souvint d'un article qu'il avait lu dans un des journaux du dimanche, qui mentionnait une nouvelle « taverne » grecque, et ce fut là, dans un sous-sol décoré de feuilles de vigne artificielles et éclairé par des bougies, qu'ils s'assirent dans un silence assez peu prometteur. Il eût été préférable, comprit alors James, d'être resté plus longtemps à la soirée et d'avoir un peu bu.

Une bouteille de vin facilita les choses et quand le repas arriva Phoebe se jeta dessus et se mit à manger avec un plaisir évident, avouant, chose plutôt surprenante, qu'elle n'avait pas mangé depuis le matin.

James, qui appartenait au monde des repas réguliers que l'on prend à des heures relativement normales, se demanda pourquoi.

« Je travaille à la campagne », expliqua-t-elle, « et je ne sais pourquoi, je ne me suis pas organisée. »

James demanda quel travail elle faisait et elle expliqua qu'elle avait trouvé une annonce dans le *Times* : on cherchait un licencié pour faire éditer des œuvres posthumes.

« Quelqu'un de célèbre ? » demanda James.

« Non — la fille d'une riche famille de la région, qui est morte. Elle a écrit des poèmes et un journal et ses parents vont payer un éditeur pour publier un mince volume. »

« C'est intéressant ? » demanda James.

« Pas vraiment. Elle était amoureuse d'un homme — vous voyez le genre de chose. »

« Oui, bien sûr », dit James avec maladresse. « Le village est agréable ? »

« Pas mal, mais la verdure est si oppressante, il y a trop d'arbres. Et tous les gens ont un certain âge et n'arrêtent pas de venir me voir. »

L'idée de campagne évoquait pour James quelque chose d'exagérément romantique ; il imaginait l'éloignement et la distance jusqu'à ce que Phoebe lui eût dit que le village était très accessible de Londres par le train ou la Green Line en bus.

James faillit dire qu'il irait la voir, mais sa prudence naturelle le retint. Il voyait bien qu'il n'aurait pas forcément envie d'aller à la campagne en hiver, pourtant il trouvait Phoebe intéressante, et émit l'idée qu'ils pourraient se voir à une date ultérieure qu'il ne précisa pas. Il lui donna le numéro de téléphone du magasin d'antiquités, mais pas celui de son appartement. On ne savait jamais. Pour la même raison, il ne l'embrassa pas pour lui dire au revoir, mais lui proposa de la conduire là où elle logeait. Mais elle rejeta son offre brusquement, en disant qu'elle passait la nuit chez une amie à West Hampstead, et elle disparut dans la nuit laissant James avec le sentiment qu'il s'était conduit un peu cavalièrement. Quoi qu'il en fût, il sentait qu'il avait fait impression sur la fille et il considérait cette rencontre comme quelque chose d'intime, une histoire bien à lui, que ni Léonora ni son oncle n'avaient à savoir jamais.

V

Humphrey et Léonora avaient déjeuné ensemble et maintenant, comme c'était un bel après-midi, il lui proposa de la conduire à la campagne.

« J'y trouverai d'autant plus de plaisir que je me sentirai un peu coupable d'avoir laissé Miss Caton se débrouiller avec les clients éventuels », déclara-t-il, « mais qui serait capable de travailler par un après-midi comme celui-ci ? »

« Et James ? » demanda Léonora. « Il ne va pas travailler ? »

« Pas exactement — je l'ai envoyé jeter un coup d'œil à quelques magasins d'antiquités à la campagne. Ce sera une bonne expérience pour lui de voir ce qu'ont les confrères. »

« Je suppose qu'il ira incognito », dit Léonora avec tendresse, « ou même déguisé de belle manière. »

« Oh, ce ne sera pas nécessaire — personne dans le métier ne le connaît encore », dit Humphrey. Il espérait qu'ils n'allaient pas sans arrêt parler de James. A vrai dire, il avait choisi cet après-midi car il voulait avoir Léonora pour lui — il convenait beaucoup mieux qu'elle passât son temps avec lui plutôt qu'avec James. Alors qu'ils attendaient aux feux, il se pencha vers Léonora et était sur le point de poser la main sur son genou quand le feu passa au vert et il dut être attentif à nouveau.

« Où allons-nous ? » demanda Léonora en s'écartant de lui de façon à peine perceptible. « Dans un endroit intéressant et éloigné ? »

« Eloigné, non », reconnut Humphrey. « Intéressant, oui, d'une certaine manière — un endroit où vous m'avez dit n'être jamais allée. »

« Cela pourrait être presque n'importe où », plaisanta Léonora. « Surbiton ou Slough, ou bien ces lieux où vivent les banlieusards. »

« Eh bien, je suppose que les gens peuvent aller travailler à Londres de l'endroit où nous allons, c'est probablement le cas. Mais je ne vous dirai rien avant d'arriver. »

Installée avec abandon, Léonora se livra à une attente pleine de promesses. La voiture d'Humphrey était très confortable et ce bon déjeuner lui avait communiqué une sorte de torpeur, mais bien sûr il eût été inconvenant de s'endormir. Il était hors de question de s'assoupir, voilà tout...

Soudain — peut-être avait-elle eu une absence de tout juste quelques secondes ? — la voiture tourna et ils se trouvèrent parmi les arbres.

Humphrey la regarda furtivement pour voir sa réaction. A plusieurs reprises au cours du repas, ses lèvres avaient esquissé un sourire mystérieux à l'idée du plaisir qu'éprouverait Léonora à Virginia Water, de ses exclamations à la vue des arbres, de l'eau et des ruines.

« Comme c'est beau ! » Elle joignit les mains dans un geste de ravissement. « Et c'est si calme, si paisible. »

« Oui, il est certain qu'on ne pourrait en aucun cas venir ici pendant le week-end — cette foule, ce serait d'une vulgarité intolérable. Mais en milieu de semaine, un jour de travail... »

Sa voix gronda parmi les jeunes hêtres.

« Un jour de travail », fit Léonora moqueuse, se disant que ce cher vieil Humphrey était décidément bien pompeux ; il aurait été tellement plus agréable que James fût son compagnon dans ce cadre romantique. « Apercevoir un temple au loin — un temple en ruine par exemple — parmi les arbres, au-dessus d'une eau dormante », rêvait-elle. « Je crois que c'est vraiment un de mes spectacles favoris. »

Chère Léonora, pensait Humphrey, tellement sensible et irréaliste. Il se demanda combien de fois elle avait vu un tel spectacle pour en arriver à la conclusion que c'était l'un de ses préférés. Soudain — c'était sans doute le contraste qui avait fait surgir cette pensée — il revit sa femme telle qu'elle était dans son uniforme ATS [1] pendant la guerre, marchant avec lui parmi ces mêmes arbres.

Alors qu'ils flânaient, Léonora ne tarissant pas de remarques admiratives sur le charme des lieux, ils tombèrent sur un immense mât totémique, qui réduisait à néant la tranquille beauté du paysage.

Quel horrible symbole phallique, pensa Léonora, mais il n'était pas question d'en faire état,

---

1. AUXILIARY TERRITORIAL SERVICE : corps de femmes volontaires.

on se contenterait de le dépasser hâtivement en détournant la tête. En outre, il y avait des gens qui s'étaient rassemblés autour, criant et s'exclamant, un homme et deux petits garçons avec maman et grand-mère sans doute, en cardigans d'orlon blanc assez transparents et robes fleuries. Comment des gens pareils arrivaient-ils à se libérer pendant la semaine ? se demanda Léonora.

« Je suppose qu'ils doivent être en vacances », murmura-t-elle, en passant près d'eux. Elle se sentait un peu fatiguée maintenant — peut-être serait-il possible de s'asseoir quelque part, mais lorsqu'elle en parla, Humphrey pensa que l'herbe serait certainement humide — il y avait eu une forte averse la veille — et il proposa de chercher un endroit pour prendre le thé.

Les profondeurs du bois auraient sans doute été moins humides, pensa-t-il avec regret, s'imaginant allongé avec Léonora sur un lit d'aiguilles de pin. Mais il eut tôt fait de sentir l'incongruité et le ridicule de cette image et il la chassa de son esprit. Une scène de séduction sylvestre entre deux personnages d'âge mûr ne pouvait mener qu'à la catastrophe.

« Un thé », dit-il avec fermeté, se représentant la beauté sombre de Léonora sur fond d'indienne et de « scones » faits maison.

Plus tard, quand ils furent assis dans le café qu'il avait retrouvé, il lui dit que c'était là que lui et Chloé se voyaient quelquefois.

« Votre femme », dit-elle, respectueuse pour cacher son ennui. Elle considérait comme une légère faute de goût qu'il pût penser à une autre femme, même morte depuis longtemps, quand il était avec elle.

« On trouvait un thé fameux ici, même à ce moment-là », dit-il enjoué. « Vous savez à quel point on était obsédé par la nourriture pendant la guerre. »

« Ah, la guerre. » Léonora soupira, repensant à son « travail secret » quelque part dans le sud de l'Angleterre avant l'invasion de la Normandie. C'était le printemps — avec des camélias, des azalées et des rhododendrons, et des officiers supérieurs qui lui faisaient des avances, et même d'honorables propositions parmi la luxuriance de ces buissons en fleurs. Oh, les mariages qu'elle aurait pu faire, de brillants mariages... Bien sûr, James n'avait sans doute que quatre ou cinq ans à l'époque, en Amérique avec sa mère pendant les premières années de sa vie.

« Et James était encore un bébé alors », dit-elle à voix haute, « n'est-ce pas ? »

« Oui, évidemment, James était un très jeune enfant », confirma Humphrey, avec une totale absence d'intérêt. « Il était avec sa mère aux Etats-Unis. Son père a été tué à la guerre, vous savez. »

Bien sûr que Léonora savait. « Et puis sa mère est morte », dit-elle avec douceur.

« Oui, mais c'était plus tard. Ce gâteau aux noix et aux dattes est très bon », dit Humphrey, espérant distraire l'attention de Léonora, « Vous ne voulez pas en essayer un morceau ? »

Léonora secoua la tête. La tristesse de la vie de James lui avait ôté l'appétit. Vraiment, on ne pouvait pas manger avec de telles pensées. Ce pauvre garçon, et pourtant si sa mère n'était pas morte... « Quel délicieux après-midi », dit-elle, se rappelant qu'elle était l'obligée d'Humphrey. Après tout, James dînait avec elle le soir ; elle pouvait se permettre d'être généreuse.

James s'approcha avec prudence de la salle des fêtes du village, après avoir étudié le terrain de loin. Il était bien sûr ridicule d'imaginer qu'on pouvait trouver un objet de valeur dans une vente de charité de village, mais on ne savait jamais et cela valait la peine d'essayer. Ce serait certainement plus intéressant que de faire le tour des magasins d'antiquités à la campagne, « de voir les objets des confrères », selon la formule d'Humphrey, car c'était le village où Phoebe habitait et il avait l'intention de lui rendre visite. Ils s'étaient certes séparés brusquement, mais elle avait bien pris soin de lui noter son adresse, presque comme Eve offrant la pomme à Adam.

La fièvre des premiers moments de la vente était passée quand James pénétra dans la salle et paya son billet d'entrée ; en tant qu'étranger, il savait qu'il ne passerait pas inaperçu.

Il était naturel que les gens l'observassent mais il regretta de n'avoir pas pensé à quelque camouflage, pour que sa tête et son visage ne fussent pas exposés sans défense aux regards des curieux. Pourtant s'il avait porté disons, un panama et des lunettes noires, n'aurait-il pas été encore plus remarqué ? Bien sûr, le fait d'être un homme lui donnait une place privilégiée dans une foule de femmes dont la plupart semblaient vieillissantes, grosses, et sans forme. Il ne semblait pas que ce fût le genre d'activités auxquelles se livraient les hommes, sauf peut-être des ecclésiastiques, mais il n'y avait pas là le moindre pasteur, seulement un chef scout avec un petit groupe de scouts et de louveteaux.

C'était ici, de toute évidence, que l'on pouvait trouver une porcelaine de Chelsea pour six pence, pensa James, en s'approchant d'une table à tréteaux sur laquelle étaient exposés des pièces de porcelaine et autre bric-à-brac. Les premiers objets qui attirèrent son attention furent une salière et un poivrier en forme de chats, avec les trous appropriés dans la tête, sur un petit support.

« C'est joli », dit la femme qui se trouvait derrière l'étalage, mais sans grande conviction et sans donner du tout l'impression qu'elle s'attendait à ce que James les achetât.

« Pas exactement ce que je cherche », dit-il, promenant son regard sur d'autres babioles hideuses. Y aurait-il un jour où même ces choses-là seraient recherchées par les collectionneurs ? se demanda-t-il. Cela vaudrait presque la peine de les acheter d'un coup et de lancer tout seul un « supermarché » des antiquités — assez amusant, mais bien sûr son oncle y trouverait à redire.

Il n'y avait visiblement rien pour lui ici, mais par politesse il acheta un petit château de porcelaine, bien qu'il fût ébréché, sans se rendre compte qu'il n'était pas nécessaire d'être poli à une vente de charité. Il se demanda s'il devait se renseigner sur le chemin de Vine Cottage — il était sûr que n'importe qui à cette vente se serait fait un plaisir de lui donner des indications — mais il renonça. Quand, un moment plus tard, il s'y trouva enfin, il resta assis dans sa voiture sur le chemin avant de se diriger vers la porte.

La grande fille maigre en jeans qui vint lui répondre avait l'air d'une inconnue, en qui il reconnaissait à peine Phoebe, et pourtant il se rappelait les longs cheveux gris souris retenus par un ruban. Mais était-ce ce même visage — pâle, souffreteux et tout simplement trop naturel — qui lui avait semblé avoir du mystère à la lumière des bougies au restaurant ?

Elle aussi avait l'air déçue, comme s'il n'avait pas répondu à son attente, quelle qu'elle ait été.

« Alors, voici le cottage », dit-il, en parcourant du regard la petite pièce nue. Elle semblait très sombre avec ses petites fenêtres.

« Cette pièce a besoin de plus de meubles », dit-elle. « Je n'ai apporté que quelques affaires à moi. »

Il se demanda lesquelles cela pouvait bien être.

« Cette lampe », dit-elle nerveusement.

Il regarda la bouteille transformée en lampe comme si elle se passait de tout commentaire. « Tu pourrais facilement te procurer quelques objets — il y a beaucoup de ventes par ici », dit-il.

« Je me retrouverais sans doute avec une boîte d'oiseaux empaillés. »

« Et ce ne serait pas si mal », répliqua-t-il, quelque peu sur la défensive. « Les objets victoriens sont encore très désirables. »

Il y eut un silence après cette déclaration plutôt guindée.

Sentant peut-être qu'il ne la trouvait pas même aussi désirable qu'une boîte d'oiseaux empaillés, en dernier recours Phoebe lui proposa de boire un thé ou autre chose, mais il refusa.

« Tu aimerais voir le jardin ? » demanda-t-elle enfin.

Ils sortirent dans le jardin envahi par la végétation. James fit une remarque sur la vigne qui couvrait l'arrière du cottage.

« Oui, c'est pour cela qu'il s'appelle Vine Cottage, je pense. »

« Tu crois qu'elle se porte bien, avec ses bourgeons gris laineux ? »

« Bien sûr — tu ne connais pas ce poème où le rouge devient gris ? »

« Non », dit-elle avec brusquerie, ayant manifestement le sentiment qu'elle aurait dû le connaître.

« C'est de Browning, mais peut-être qu'on ne l'apprécie plus guère. »

James allait citer les quelques vers quand il se souvint que c'était l'un des poèmes préférés de Léonora — c'était de cette façon qu'il l'avait connu — et une sorte de délicatesse naturelle le retint.

« Tu aimes le jardinage ? » demanda-t-elle.

« Non », s'empressa-t-il de dire, se voyant dans l'obligation de tondre la pelouse, « mais ma mère jardinait fort bien. »

Sa mère était sûrement morte, pensa Phoebe, ce qui lui donnait un avantage injuste sur elle qui avait une mère vivante à Putney.

Le tour du jardin ne prit pas longtemps et ils furent bientôt de retour dans la maison.

« Tu n'as pas vu ma chambre », dit Phoebe, le précédant dans l'escalier étroit et raide.

Debout dans cette petite pièce, qui avait un plafond mansardé et des motifs de glycine aux murs, James lui entoura les épaules de ses bras, en pensant qu'elle était juste un peu trop grande pour lui. Il l'embrassa, et après quelques tendresses murmurées les choses se passèrent si vite qu'il n'aurait pas pu dire ensuite qui en avait eu l'initiative. Certes, James n'avait pas eu l'intention d'aller si loin, mais elle avait montré tant d'ardeur. Elle s'était littéralement « jetée à son cou », comme aurait sans doute dit quelqu'un de la génération précédente — Léonora, bien sûr. A la pensée de Léonora, une ombre passa sur son visage. Il se tourna et contempla la pile de livres qui était par terre près du lit. Comme elle était désordonnée ! Il faudrait lui trouver une petite bibliothèque ou une table — il en avait une qui irait fort joliment. Phoebe, sentant qu'il s'était détourné, prit appui sur un coude et regarda par la fenêtre.

« Qu'est-ce qui se passe ? » demanda James. « Quelqu'un vient ? » Il s'assit, nerveux. Un fol instant, il se représenta son oncle entrant dans la pièce. « Ah, James, mon cher garçon... »

« Ce n'est rien, c'était la gouvernante du pasteur. Elle va sans doute chercher son poisson surgelé pour le repas du soir. De toute façon, elle est partie maintenant. Qu'est-ce que tu regardes ? »

« Cette fenêtre est pratiquement bouchée par les feuilles. Tu ne pourrais pas trouver quelqu'un pour les couper ? C'est sûrement malsain », dit-il pincé. « Des insectes pourraient entrer pendant ton sommeil. »

« Oh, quand il s'agit de faire faire les choses, je ne m'en sors pas », dit Phoebe. « Je suppose que maintenant tu vas me dire à quel point la chambre est en désordre. »

« Eh bien, il te faudrait un endroit où

mettre ces livres. Je pourrais sans doute te passer quelque chose. »

« Toi ? »

« Oui, le bail de mon appartement arrive à expiration, et je vais mettre quelques affaires au garde-meubles pendant que je pars en voyage à l'étranger pour mon oncle. »

« Quel genre de meuble pourrais-tu me prêter ? »

« Oh, une table de chevet et un petit fauteuil victorien recouvert de velours vert olive — il te plairait, je crois. »

« Les objets victoriens désirables — ça ne me ressemble pas tellement, mais enfin. »

« Puis il y a un miroir avec des cupidons, du bois fruitier — c'est assez joli. » Léonora l'avait toujours terriblement admiré, peut-être n'avait-il pas été prudent de le mentionner.

« Il faut que je parte », dit-il.

« Je suppose que tu as rendez-vous ce soir. »

« Oui, si on veut. » Dîner avec Léonora ne faisait pas exactement partie des « rendez-vous ».

« Je pourrais te faire une tasse de thé. »

« Ce serait gentil, mais est-ce que tu ne devrais pas... » Il regarda ses épaules nues d'un air perplexe. « On pourrait venir. »

« Ça, c'est vrai. Dans ce village les gens n'hésitent pas à vous rendre visite. Je suppose que ce drap pourrait tenir lieu de sari, mais apparemment je n'arrive pas à l'arranger comme il faut. »

Phoebe renfila son jean avec peine et mit une chemise de coton blanc froissée. « Et comme ça ? » Il devait encore avoir l'air perplexe car elle dit avec quelque humeur, « Oh, ça ira bien pour faire du thé », et elle se dépêcha de descendre pieds nus les escaliers.

James attendit dans le salon, mal à l'aise. Il commençait à avoir l'impression qu'il avait étrangement manqué de sagesse. Pourquoi s'était-il ainsi laissé piéger avec Phoebe ? Pourtant, y avait-il vraiment un piège ? Il n'avait certainement pas à se sentir des obligations envers une fille qui s'était jetée à son cou ?

« Tu reviendras ? » dit-elle avec franchise, « ou peut-être que tu m'inviteras à ton appartement un jour ? »

« Oui, d'accord — on pourrait dîner ensemble. Je te téléphonerai. »

« Et je pourrai voir les meubles ? » Elle rit. « Comme j'ai le sens des réalités. Je te raccompagne à ta voiture ? »

« Pas pieds nus. »

« D'accord, je t'embrasse ici. Oh, James, qu'avons-nous fait ? »

Quoi en vérité ? se demanda-t-il alors qu'il regagnait Londres. Il espérait qu'il n'y aurait pas d'embouteillages, car Léonora lui demandait d'être ponctuel. Elle détestait qu'il fût en retard. C'était l'inconvénient d'être attaché à une femme plus âgée, quoique « inconvénient » ne fût certainement pas le mot juste pour parler de quelqu'un d'aussi délicieux que Léonora.

VI

Il y avait un petit parc près de la maison de Léonora et c'était là qu'elle avait demandé à James de la retrouver, ils pourraient ainsi faire une promenade avant le dîner. Il avait accepté de mauvaise grâce, et maintenant il se sentait incontestablement fatigué après sa journée éprouvante à la campagne, il aurait préféré s'enfoncer dans un fauteuil un verre à portée de la main plutôt que de déambuler dans ce parc déprimant avec ses parterres de fleurs conventionnels et sa petite statue à la figure mauvaise — une sorte de Peter Pan dégénéré — d'un côté, et l'herbe terreuse et les arbres de l'autre. N'était-il pas légèrement affecté de la part de Léonora de le trouver si « agréable » et la statue si « charmante ».

« Vous voici, chéri — et très légèrement en retard. La circulation vous a retardé, n'est-ce pas ? Cela arrive souvent à cette heure-ci. »

James pencha la tête pour l'embrasser. Une légère bouffée d'héliotrope — *L'Heure bleue,* essence préférée de Léonora — vint à sa rencontre. Il se demanda si elle remarquait quelque chose de différent dans sa façon d'être ; l'ombre du parfum de Phoebe qui se serait attardé sur lui pourrait éveiller ses soupçons. Puis il se rendit compte que Phoebe n'utilisait pas de parfum et qu'il s'était changé et avait pris un bain ; ses fantasmes étaient démodés et ridicules comme un roman des années trente.

« Eh bien, il y avait de la circulation, vous vous en doutez », commença-t-il, se sentant coupable et essayant de se rappeler ce qu'il avait fait après avoir quitté Phoebe. Il était rentré directement chez lui et s'était préparé pour rendre visite à Léonora, pensa-t-il, son sens de la vertu teinté de cynisme. Il n'avait même pas eu le temps de prendre un verre. « Vous êtes merveilleuse dans cette couleur », dit-il, s'éloignant d'elle pour admirer la robe améthyste qu'elle portait. « Elle est automnale, d'une certaine façon. »

« Vous voulez dire que j'ai l'air vieux ? Que je suis à l'automne de la vie ? »

« Vous savez que ce n'est pas ce que je veux dire ! Et de toute manière, l'automne est une saison beaucoup plus plaisante que le printemps ou l'été, beaucoup plus " agréable ". » Il sourit en prononçant l'un de ses mots préférés.

Léonora leva les yeux vers lui avec affection. « Est-ce qu'il vous a plu de faire le tour des magasins d'antiquités à la campagne aujourd'hui ? » demanda-t-elle.

« Oui, tout à fait. Je suppose que j'aurais pu acheter quelque chose mais je me suis contenté d'estimer les objets, et puis le hasard m'a conduit à un village où avait lieu une vente de charité, alors je m'y suis rendu. » James s'arrêta, de peur d'aller trop loin.

« Et avez-vous trouvé quelque rare trésor ? »

« Seulement un petit château de porcelaine et il était fêlé. » Un peu comme Phoebe, peut-être. A quoi ressemblait Léonora ? Une impeccable pièce de Meissen ? Il serait amusant de jouer à comparer ses amis et connaissances à des antiquités.

« Ce n'est pas cela qui enthousiasmera Humphrey », dit Léonora. « Je suis sûre que vous n'êtes pas censé aller à des ventes de charité, mon amour. »

« Je sais — je me suis laissé entraîner à celle-là, je ne sais pourquoi. Mais vous pouvez être sûre que si Humphrey y était allé il aurait trouvé quelque chose d'extraordinaire. Il a toujours plus de chance que moi », dit James d'un air désolé.

« Vous exagérez de dire cela — après tout, vous m'avez trouvée tous les deux, non ? »

« Oui, bien sûr, à Sotheby ce jour-là. Comment s'est passée votre expédition avec Humphrey cet après-midi ? »

« Merveilleuse ! Nous sommes allés à Virginia Water. Tous ces arbres et ces ruines à l'horizon, c'est tellement moi. »

« Si seulement nous nous promenions dans un beau jardin maintenant », soupira James.

« Un " giardino " ou " jardin " [1] — L'Estufa Fria à Lisbonne par exemple. » Léonora sourit. « Cet étrange vieux professeur — vous l'ai-je jamais raconté ? »

Léonora avait eu des expériences romantiques pratiquement dans tous les jardins célèbres d'Europe, à commencer par le « Grossen Garten » à Dresde où, écolière avant la guerre, elle avait fait la connaissance d'un prince, un

1. En français dans le texte.

Russe blanc. Et pourtant rien n'était advenu de toutes ces rencontres ; elle était restée célibataire, on pouvait presque dire intacte. Tout cela était bien loin de ce petit parc poussiéreux où elle et James marchaient à présent.

« Et puis il y avait " Isola Bella " — cet arbre aux grandes feuilles — " Elefantenohren... ". » Elle éclata de rire au souvenir de quelque chose que James ne pouvait pas partager.

Il leva les yeux vers les arbres dérisoires qui les entouraient. « N'avons-nous pas assez marché maintenant ? La nuit tombe — quelqu'un donne un coup de sifflet et on dirait que cet homme va fermer les grilles. Il ne faudrait pas que nous restions enfermés. »

« Ne vous inquiétez pas, c'est un petit homme adorable et il m'a souvent ouvert les grilles. Ce n'est pas la peine de se presser. »

James eut pourtant l'impression que l'homme n'était pas très content d'avoir à rouvrir les grilles pour eux. Visiblement, ce n'était qu'avec Léonora qu'il était « adorable ».

« Comme votre maison a du charme », dit James alors qu'ils s'en approchaient.

« Oui, n'est-ce pas, et savez-vous, je crois que je vais pouvoir l'acheter bientôt ; ainsi elle sera vraiment à moi et je pourrai en faire ce que je veux. »

« Vous faudra-t-il acheter Miss Foxe avec ? »

« Oui, mais j'espère pouvoir m'en débarrasser très bientôt. »

Léonora parlait d'un air si décidé que James lui jeta un regard alarmé.

« La voici », murmura-t-elle âprement, quand ils passèrent la porte d'entrée.

James vit une femme d'environ soixante-dix

ans, aux cheveux blancs et à l'air fragile, avec une robe grise et un collier de perles, sans doute de valeur, qui semblait avoir du mal à monter un bidon de pétrole dans les escaliers.

James se précipita. « Laissez-moi vous le porter », dit-il.

« Oh, comme c'est aimable. Il est vraiment plus lourd que je ne pensais. »

Elle avait une voix flûtée qui sentait la bonne éducation.

« Il est beaucoup trop lourd pour vous », dit James galamment.

« Elle ne devrait pas être obligée de faire ça », dit-il plus tard à Léonora.

« Chéri, vous êtes si prévenant, et on ne vous en aime que mieux », dit Léonora de son ton le plus froid, « mais que d'histoires. Ce n'était qu'un bidon de dix litres, il ne devait pas être si lourd que ça. Et de toute façon, que peut-elle bien faire avec du pétrole à cette époque de l'année ? »

« Eh bien, je suppose que c'est moins cher que le gaz ou l'électricité et les soirées sont encore assez fraîches », dit-il.

« Oh, très fraîches », dit Léonora ironique. « On a le sentiment que le simple fait de se servir de pétrole est quelque peu dégradant — le genre de choses que font les Noirs, qui renversent les poêles à mazout et mettent le feu. Vraiment, ça fait plutôt peur de penser à elle là-haut — c'est pourquoi il faudra simplement s'en débarrasser quand le bail arrivera à expiration. »

James eut un léger murmure de protestation. Un jour Léonora serait vieille elle aussi. Mais de toute évidence, ce ne serait pas la même chose.

« Il faut être dur avec les vieilles personnes », poursuivit Léonora, « c'est la seule solution — sinon elles abusent. »

« Ne parlons pas d'elle », dit James mal à l'aise. « Je crois que j'ai mérité de boire un verre. »

Quelques minutes plus tard, il était assis détendu avec un gin tonic, goûtant la conversation de Léonora qui lui arrivait de la cuisine où elle mettait la dernière main au repas. Ils avaient la douce habitude de se raconter les événements de la journée, soit quand ils se voyaient, soit au téléphone, mais James ne pouvait pas le faire avec la même franchise qu'à l'ordinaire, et il fut bien aise d'écouter Léonora décrire en détail son expédition avec Humphrey à Virginia Water. Il ne souhaitait vraiment pas en dire beaucoup plus sur la vente de charité de village ; il espérait qu'une ou deux remarques drôles suffiraient et qu'il pourrait savourer son verre en paix en regardant autour de lui la jolie pièce de Léonora.

C'était un cadre agréable pour elle, avec ces murs vert pâle et ces plantes grimpantes — car naturellement Léonora « savait faire » avec les plantes d'intérieur. Certains meubles lui venaient d'Humphrey, mais James lui-même lui avait procuré quelques bibelots, ou « gages d'amour », comme elle disait, et il supposait que c'était bien ce qu'ils étaient, bien que ce fût elle qui les nommât ainsi. Son amour des objets victoriens permettait à James de trouver facilement les petites choses qui savaient exprimer sa dévotion.

« Des asperges ! » s'exclama-t-il, quand elle

sortit de la cuisine avec un plat. « Les premières de l'année. »

« Alors, il faut faire un vœu. »

James fut gêné, comme on l'est souvent quand on vous demande de faire un vœu.

« Un vœu secret bien sûr, mon chéri », dit Léonora rassurante.

Je n'ai pas de secret pour vous, était ce qu'il voulait dire, mais ces mots faciles ne voulaient pas venir. Comment pourrait bien être un repas avec Phoebe ? Il se le demandait lorsque Léonora apporta le plat suivant, du poulet à l'estragon.

« Vous êtes particulièrement beau ce soir », le taquina-t-elle. « Je me demande combien de personnes sont tombées amoureuses de vous aujourd'hui ? »

Une au moins, pensa-t-il avec gêne. Il fut chagriné de sentir qu'il rougissait, et pourtant il commençait à être tout à fait habitué à ce genre particulier de taquinerie de la part de Léonora. Quelquefois on eût presque dit qu'elle l'avait créé elle-même — le beau jeune homme dont les gens tombaient toujours amoureux et qui pourtant lui restait inexplicablement et profondément dévoué, elle qui était tellement plus âgée que lui. James s'était fort bien accommodé de ce rôle, et bien sûr sa dévotion pour Léonora n'était pas en cause. Mais maintenant il y avait Phoebe — était-ce bien le cas, pourtant ? Les projets que Léonora avait pour lui, si tant est qu'elle en eût, ne supposaient certainement pas qu'il s'attachât à une femme plus jeune. Mais, il ne savait pourquoi, le mot « attachement » ne semblait pas convenir à ce qui s'était passé dans le cottage de Phoebe l'après-midi.

James fut soulagé quand Léonora revint de la cuisine avec une mousse au chocolat, un de ses plats préférés qu'elle faisait souvent. Inutile de ruminer sur Phoebe maintenant. Ensuite, il y aurait du café et peut-être de la musique, ou bien ils bavarderaient simplement. Quelquefois James lui parlait de son enfance en Amérique ou lui lisait de la poésie pendant qu'elle s'occupait à quelque tapisserie, ses beaux yeux bleu sombre levés vers lui par-dessus ses lunettes. Les lunettes étaient devenues un sujet de plaisanterie entre eux — « la vue qui baisse, on prend de l'âge ».

Ce soir-là, James avait avec lui un exemplaire du catalogue de Sotheby, qui décrivait une vente de meubles à venir dont il pensait qu'elle l'intéresserait. La lecture des catalogues des ventes était une de leurs distractions favorites et il n'y avait rien que Léonora aimât davantage que d'entendre l'agréable voix de James lisant des descriptions séduisantes qui lui représentaient les pièces magnifiques — fines bordures de bois de rose, décors de palmettes et frises d'aigles... La poésie de ces expressions coulait sur elle en une délicieuse confusion si bien qu'elle ne savait plus tout à fait ce qui était décrit, seulement que c'était quelque chose de merveilleusement désirable, et que c'était encore une de leurs « charmantes soirées ».

VII

Léonora n'avait que faire de l'« intimité » des amitiés féminines, elle y voyait plutôt un moyen de se mettre en valeur, surtout si ses amies étaient moins attirantes et moins élégantes qu'elle, ce qui était généralement le cas. Quand Meg l'appela pour lui proposer un rendez-vous à déjeuner, sa première réaction fut de chercher une excuse, mais depuis qu'elle s'était liée avec James les relations de Meg et de Colin avaient éveillé en elle une curiosité croissante. Et puis aussi, elle n'avait pas vu Meg depuis le soir où celle-ci lui avait rendu visite dans un tel état de détresse. Colin était sans doute « revenu », on pouvait formuler la chose comme on le souhaitait, et c'était un fait que Meg lui avait donné une impression d'enjouement, presque d'exubérance, quand elle lui avait demandé de la rejoindre dans un snack de Knightsbridge à une heure moins le quart.

A son habitude, Léonora se fit attendre quelques minutes, moins pourtant que si elle avait eu rendez-vous avec un homme. Meg faisait partie de ces femmes qui sont toujours en avance et que l'on voit attendre devant Swan et Edgar's, le visage anxieux et l'œil scrutateur, prête à se confondre en sourires quand la personne attendue apparaît.

« Te voilà ! » s'exclama-t-elle, alors que Léonora arrivait à sa rencontre.

Léonora la salua mais ne fit pas d'excuses. Meg avait l'air plus soigné que la dernière fois qu'elles s'étaient vues. Elle portait un léger manteau printanier dans un ton de vert qui ne lui allait pas spécialement bien, mais elle avait une nouvelle coiffure et — du moins c'est ce qu'il sembla à Léonora — les mèches grises avaient été maquillées d'une coloration châtain.

« Tu ne devineras jamais pourquoi je t'ai proposé qu'on se rencontre ici », dit Meg.

« Ma foi, c'est pratique pour aller chez Harrods et on a souvent besoin d'y aller. »

Meg eut l'air déconcerté. Visiblement Harrods ne lui disait rien. « C'est à cause de Colin », expliqua-t-elle. « Il travaille ici. »

Léonora exprima sa surprise ; peut-être attendait-on aussi des félicitations, mais elle les garderait en réserve tant qu'elle n'aurait pas plus de détails.

« Il faut descendre », dit Meg, « ils ont des salades en bas. Ça ne t'ennuie pas ? Tu prends un plateau et tu choisis ce que tu veux sur le comptoir. »

Léonora la suivit dans un sous-sol mal éclairé dont les murs orange et mauve étaient décorés de peintures abstraites. Elle arriva tout juste à distinguer deux silhouettes derrière le comptoir — une fille aux cheveux longs qui portait des lunettes rondes teintées — comment faisait-elle pour y voir ? — et Colin.

Il y avait divers plats de crudités qu'ils servaient tous les deux.

« Bonjour, Léonora », dit Colin aimablement. « Qu'est-ce que vous prendrez ? »

« Je ne sais pas — qu'est-ce qu'il y a ? Du pâté, peut-être, et qu'est-ce qui irait bien avec à votre avis ? Aidez-moi à choisir. » Léonora était plus séduisante que jamais, mais dans la pénombre on arrivait à peine à voir le contenu des plats. Colin aussi était à son avantage, et Meg rayonnait de fierté en le regardant, si efficace et si charmant, dans une chemise rose à fleurs.

« Un ami d'Harold lui a trouvé ce travail », expliqua-t-elle, quand elles s'installèrent dans un coin à une petite table étriquée. « Il a l'air de bien s'en sortir et ça lui plaît, c'est si important. »

« Pas tellement le genre d'emploi où l'on fait carrière, pourtant », dit Léonora en regardant autour d'elle. Décidément ce n'était pas un endroit pour elle, se dit-elle — tout le monde si jeune, les filles épouvantablement mal habillées selon ses critères, parlant toutes trop fort pour se faire entendre sur fond de musique pop. « Tu ne viens quand même pas ici souvent ? » demanda-t-elle.

« Eh bien, c'est un peu loin du bureau », reconnut Meg, « alors je ne viens pas vraiment tous les jours. Mais quand Colin a commencé, je crois que ça le mettait en confiance de savoir que j'étais là. Et évidemment, ça fait du bien, tout ça. » — elle montra le chou grossièrement coupé dans son assiette.

Léonora eut l'impression qu'elle aurait dit la même chose si elles avaient mangé de l'herbe. « Alors les choses se sont arrangées, si je comprends bien », dit-elle avec délicatesse.

« Oh, tout à fait. Une sorte de malentendu, c'est tout, rien de plus. Il faut laisser aux gens leur liberté », dit Meg, du même ton courageux qu'elle avait eu pour parler des « amants » de Colin. « De cette façon, ils se rapprochent de vous. »

Léonora sourit mais ne dit rien.

« Nous sommes allés au théâtre », continua Meg, « Colin, moi, Harold et sa mère. »

« Ce devait être un groupe étrange. »

« Oui, je suppose, quand on y pense. Et le spectacle n'était pas exactement ce que j'aurais choisi moi-même », elle nomma une comédie musicale qui était à l'affiche depuis plus d'un an, « mais c'était une expérience intéressante. »

« Est-il bien nécessaire d'avoir des " expériences intéressantes " à notre âge ? » demanda Léonora. « Je ne crois pas. »

« Oh, toi c'est différent. Tu as dû tellement en avoir déjà, à vivre à l'étranger et avoir toujours eu tant d'admirateurs », dit Meg avec générosité.

Léonora sourit de nouveau, avec plus de chaleur cette fois, mais elle fut moins contente lorsque Meg ajouta qu'elle ne pensait pas que Léonora fût maintenant le genre de personne à avoir des « expériences ».

« Comment me vois-tu, alors ? » demanda Léonora.

« Je te vois simplement dans ta maison parfaite, vivre une vie pleine de grâce et d'élégance », dit Meg. « C'est difficile à expliquer », ajouta-t-elle, voyant une ombre de déplaisir passer sur le visage de Léonora.

« Telle que tu me décris, j'ai à peine l'air humain, comme une sorte de fossile », protesta Léonora.

« Ce n'est pas ce que j'ai voulu dire — c'est seulement que je ne t'imagine jamais troublée ou bouleversée par quelque chose. Pas comme moi — ce soir horrible où j'ai fait irruption chez toi, qu'est-ce que tu as dû penser ! »

« Les gens ne réagissent pas tous de la même façon. On peut très bien ne pas manifester d'émotion, mais ça ne veut pas forcément dire que l'on n'en ressent pas. »

« Je vais chercher du café. »

Pendant que Meg était partie, Léonora repensa à ce qu'elle avait dit. Elle n'était pas sûre d'aimer l'image d'elle-même que ses paroles avaient suggérée. Elle n'était pas du tout comme cela, bien sûr, froide et fossilisée. C'était seulement que toute relation que l'on avait devait être parfaite dans son genre. On n'accepterait jamais de supporter quelque chose d'aussi médiocre que la conduite de Colin, par exemple.

« Ce n'est pas le meilleur café de Londres », dit Meg d'un air d'excuse, en revenant avec deux tasses. « J'ai trouvé moins risqué de ne pas prendre de lait. Regarde comme ils ont du travail maintenant — Colin dit que c'est l'enfer entre une heure et deux heures. »

« Quelle bonne chose que nous soyons venues de bonne heure, alors. Cela a certainement été une " expérience intéressante " pour moi. »

Léonora vérifia sa coiffure irréprochable et enfila ses gants.

« Je suis si contente que ça t'ait plu. Il faut que nous revenions un jour. »

Elles se séparèrent à l'extérieur du snack — Meg pour retourner à son bureau, Léonora pour flâner chez Harrods.

Elle fut tentée, étant si près, de faire à James une visite surprise au magasin d'antiquités, mais elle s'en défendit et eut la récompense en rentrant chez elle d'un coup de téléphone de lui, pour convenir d'un rendez-vous à déjeuner le lendemain dans « leur » petit restaurant près du magasin.

Ce soir-là Léonora dînait avec sa voisine Liz. Il semblait que toute sa journée se fût passée avec des femmes moins heureuses qu'elle, pensait-elle, alors qu'elle était assise dans le salon de Liz à écouter les chats miauler et gémir dans leur enclos au jardin.

Elles allaient entamer un de ces apéritifs interminables de Liz, où l'on attendait des heures avant de pouvoir espérer avoir quelque chose à manger, Léonora le savait d'expérience. Les chats entreraient et sortiraient et Léonora essaierait d'éviter d'en avoir un qui viendrait sur ses genoux pétrir sa jupe de ses griffes. Les habits de Liz bien sûr avaient tellement été malmenés par les chats que tous ces fils tirés donnaient presque un effet de bouclé à tout ce qu'elle portait. Liz finirait par s'embarquer sur le sujet de son mariage malheureux. « Tout cet amour, perdu », diraitelle. C'était une des rares occasions où Léonora ne se sentait pas compétente, n'ayant pas d'expérience personnelle qui y fît écho. Elle n'avait jamais été mal traitée ou rejetée par un homme — peut-être n'avait-elle jamais aimé une autre personne avec assez d'intensité pour qu'une telle chose fût possible — quelle qu'en fût la raison, elle restait silencieuse, se contentant d'observer que peut-être l'amour n'était jamais perdu, c'est du moins ce qu'on disait. Liz, quant à elle, s'ennuyait tout autant avec Léonora, ses souvenirs d'adolescente sur le continent, et les attachements ultérieurs auxquels elle faisait des allusions mystérieuses et qui semblaient n'avoir jamais abouti à rien. Pourtant, à la fin de la soirée, elles ressentaient toutes les deux une sorte de satisfaction, comme si bien davantage qu'un simple repas eût été offert et accepté.

VIII

James n'aurait pas su dire si sa visite à Phoebe avait été très heureuse. Leurs gauches amours dans la chambre du cottage semblaient bien éloignées du monde d'Humphrey et de Léonora, et tout en n'éprouvant pas d'impatience particulière à renouveler l'expérience, il se plaisait à penser qu'il le pouvait s'il le désirait. Sentir qu'il avait une fille cachée à la campagne, dont personne ne connaissait l'existence, lui donnait de l'assurance. Même Humphrey lui facilitait les choses en l'envoyant à des ventes à la campagne, qu'il jugeait pour sa part ennuyeuses, pour voir s'il y avait quelque chose qui valût la peine d'être acheté.

Un après-midi, il était allé prendre Phoebe car il voulait la conduire à une vente et ils entraient dans une maison pour voir ce qu'on pouvait y trouver.

« Ça semble si affreux », dit-elle, « tous ces gens qui piétinent la pièce avec leurs pieds boueux. »

James la regarda surpris. C'était le genre de remarque que Léonora aurait pu faire, elle si difficile et si sensible aux petits riens. A voir le désordre, la misère presque, de son cottage, il n'aurait jamais imaginé que Phoebe fût capable de remarquer des traces de pieds boueux sur un sol carrelé. Il en eut un sentiment de malaise, comme si les deux femmes de sa vie s'étaient confondues d'étrange manière.

Il expliqua à Phoebe que la maison avait appartenu à une dame âgée, morte aujourd'hui, si bien que la chose n'aurait rien de personnel.

« Peu importe, il pourrait y avoir un parent caché », dit-elle. « On ne sait jamais. »

James l'entraîna voir des porcelaines — il y avait de belles pièces de Coalport et Worcester, et d'autres qui auraient pu être du Dresde, mais elle préféra une paire de chiens du Staffordshire assez quelconque.

James examinait une figurine quand un homme et une femme vinrent le saluer.

«Bonjour, James, que cherchez-vous ? » demanda l'homme.

« Oh, mon oncle a pensé qu'il pourrait y avoir quelque chose », bredouilla James.

« Mais vous n'allez pas nous dire ce que c'est », dit la femme, sur un ton désinvolte et cassant.

« Ces garnitures de toilette à fleurs valent peut-être une enchère », dit l'homme, en montrant un broc, une cuvette et un pot de chambre décorés d'iris mauves.

James jeta un regard furtif autour de lui. Phoebe était un peu plus loin, comme si elle s'était mise à l'écart à dessein. Peut-être ne serait-il pas nécessaire de la présenter. James l'espérait, car elle avait l'air — comme bien souvent — quelque peu indigne de lui avec sa robe de coton blanc très courte et ses sandales. Le couple — Richard et Joan Murray

— était ami de Léonora. Ils vendaient tous deux des objets victoriens dans leur magasin de King's Road, d'où, peut-être, l'intérêt affecté de Richard pour les garnitures de toilette en porcelaine. James fut content d'apprendre qu'ils ne faisaient que passer et n'avaient pas l'intention de rester à la vente.

Tout en regardant James qui bavardait, Phoebe faisait mine d'examiner des lots de vieux livres. Une flambée de jalousie s'empara d'elle quand elle comprit à quel point l'univers de James lui était inconnu.

« Il y a des choses qui te plaisent ici ? » dit James avec maladresse, quand il revint vers elle.

« J'ai toujours le sentiment que j'aimerais collectionner les vieux livres », dit Phoebe, « mais quand je les ouvre, ça me décourage. »

James se demanda s'il pouvait y avoir un petit livre de fleurs pour Léonora mais il n'avait pas le temps de les examiner car la vente commençait. Le commissaire-priseur monta sur l'estrade et avec un plaisir évident il commença à jouer son rôle.

Les gros objets, les meubles de jardin et la plus grande partie du mobilier en général avaient déjà été vendus dans la matinée, et maintenant c'était le tour des petits lots plus intéressants, verres et porcelaines, livres et autres pièces. James commença par miser sur un panier de fleurs de Coalport, mais il y avait deux enchérisseurs contre lui et il se découragea. Finalement, il lui fut adjugé une série d'assiettes, mais l'absence relative de concurrence lui fit redouter les commentaires de son oncle au cas où elles n'auraient pas été « tout à fait parfaites ».

« Si nous partions maintenant ? » murmura-t-il à Phoebe. « On pourrait aller boire un thé quelque part. »

Dans le village, il y avait une auberge à l'écart de la large rue principale, mais pour quelque obscure raison James ne proposa pas d'y entrer. En fait, la raison n'était pas si obscure, car c'était sans doute le genre d'endroit où les Murray auraient pu s'arrêter et il ne souhaitait pas courir le risque d'une deuxième rencontre. Par bonheur Phoebe ne le proposa pas non plus et ce ne fut que lorsqu'ils arrivèrent à la petite ville suivante qu'elle s'exclama, « ça pourrait être pas mal — si tu peux te garer ! ».

« Tu veux dire les *Leopard Dining Rooms* ? » demanda James d'un air de doute.

« Oui, ça m'a tout l'air du genre d'endroit où l'on peut trouver une tasse de thé bien fort pour se remettre après toutes ces enchères. »

« Eh bien, d'accord — apparemment il n'y a rien d'autre. »

« Oh, c'est merveilleux », dit Phoebe avec un enthousiasme qui ne lui ressemblait pas. « On s'assoit près de la fenêtre? »

Il y avait quelques autres personnes dans le café, certaines semblaient plutôt mal à l'aise, comme si elles regrettaient de n'avoir pas choisi l'auberge.

Au moins l'endroit paraissait assez propre, pensa James. Etait-ce cela, le cadre de Phoebe — nappes en plastique, fleurs artificielles, et sauces en bouteille ? se demanda-t-il, car elle donnait l'impression d'être heureuse et détendue. Jamais cela ne pourrait être celui de Léonora, c'était certain. Quand le thé arriva, il était si fort et si foncé qu'il faisait davantage penser à du Viandox qu'à une délicate infusion de feuilles d'Inde ou de Ceylan. James but le sien à petites gorgées avec prudence, comme s'il avait craint de s'empoisonner.

« Je suppose qu'on aurait pu manger des " fish and chips ", comme ces gens à la table du coin », murmura Phoebe, en lui passant une assiette d'épaisses tranches beurrées.

« Tu en aurais voulu ? » demanda-t-il, n'étant pas sûr qu'elle ne plaisantait pas.

« Non, bien sûr que non. Tu ne veux pas essayer un de ces gâteaux op'art ? »

James refusa, mais devant son plaisir évident, il trouva qu'il se montrait bien difficile et guindé. Il lui en voulut presque, car si en un sens elle le mettait en valeur, il semblait aussi qu'elle le rabaissait en acceptant l'endroit aussi facilement. D'une certaine façon il y trouvait du plaisir lui aussi, mais c'était le genre de chose qui n'était sans doute drôle que sur le moment. Plus tard il aurait honte d'avoir pris le thé en sa compagnie aux *Leopard Dining Rooms.*

« Tu es heureux ? » demanda-t-elle avec une soudaineté déconcertante alors qu'ils faisaient route vers le cottage.

« Quelle question ! » dit-il, espérant qu'elle interpréterait sa réponse de la façon qui lui conviendrait le mieux.

« Je vais sortir à boire », dit-elle, en le devançant.

« Tu as des nouveaux coussins », dit James, en la suivant dans la pièce. Ils étaient de couleurs vives et agressives, pas du tout le genre de chose qu'une personne de sa connaissance aurait choisi ; pourtant, étendue là, Phoebe avait l'air presque exotique, comme une vamp dans un vieux film avec ses yeux trop maquillés et son expression engageante. Lui faire l'amour fut comme un jeu amusant et irréel, si éloigné de sa vie de tous les jours qu'il ne ressentit pas sa culpabilité habituelle.

Quand plus tard Phoebe s'assit et dit avec un manque d'à-propos affligeant, « on devrait peut-être manger quelque chose », l'image de Léonora lui revint, surtout les délicieux « petits riens », toujours prêts ou cuisinés en un instant, qu'elle ne manquait pas d'offrir quand on venait la voir.

James remarqua qu'il y avait du rôti froid sur la table près de la fenêtre ouverte, tout à fait à la portée des animaux qui pouvaient passer par là, et il avait vu un chat qui rôdait dehors. Il y avait aussi un saladier de laitue dont il retira subrepticement quelques feuilles qui avaient l'air immangeables car elles lui semblaient terreuses. De toute évidence, Phoebe n'était pas à son affaire dans une cuisine. C'était une erreur de croire que toutes les femmes y faisaient merveille. La cuisine, au demeurant, n'était pas très propre non plus. Il y avait la vaisselle du déjeuner ou du petit déjeuner, les deux peut-être, deux bouteilles de lait sales, des coquilles d'œufs oubliées, des poils de chat qui flottaient dans l'atmosphère et des traces de pattes sur l'évier. James commença à se dire qu'il n'avait pas tellement faim après tout.

Pourtant, il réussit à manger ce qu'elle lui donnait — le vin rouge ordinaire de Phoebe l'y aida — et ensuite il resta allongé heureux avec elle parmi les coussins colorés. Il se demanda s'il devait passer la nuit chez elle, puis la rencontre avec les Murray à la vente lui revint et un sentiment de malaise l'envahit. Au réveil, le lendemain matin, l'inconfort bohème du cottage ne manquerait pas d'être déplaisant, décida-t-il.

Quand elle revint dans la pièce après son départ, Phoebe tenta vainement de la ranger et même de nettoyer la cuisine, car elle avait senti sa désapprobation, mais elle se lassa bientôt. L'un des chats du village était entré dans la pièce et avait sauté sur le vieux poste de radio ; Phoebe l'alluma, s'offrant à elle un peu de musique et donnant au chat un peu de chaleur. On donnait une symphonie et, alors qu'allongée elle regardait le chat, elle imagina que son corps étalé était comme une grande outre vide ou un ballon qui se remplissait de Mendelssohn. Elle se mit à réfléchir à un poème qu'elle écrirait pour James.

C'était dommage de ne pas pouvoir parler à Léonora du chat rempli de musique, pensa James, alors qu'il souriait au poème que Phoebe lui avait envoyé. C'était le seul détail qu'il en comprenait vraiment et sa place aurait été toute trouvée l'après-midi, car James avait promis de conduire Léonora à une exposition de chats, où Liz présentait des petits chats siamois. Bien qu'il n'eût pas spécialement envie d'y aller — il y avait bien des façons plus agréables d'occuper un après-midi, croyait-il — il semblait que ce fût une bonne occasion de soulager sa conscience du mensonge qu'il avait fait à Léonora lorsqu'il lui avait dit qu'il était rentré directement de la vente et avait passé la soirée avec l'un de ses vieux, et précieux, camarades de classe.

« Simplement des chatons et des mâles châtrés », dit Léonora en lisant le programme, « ça a l'air si mignon, n'est-ce pas ? »

« Est-ce que je serai le seul mâle adulte, alors ? » demanda James, qui ne plaisantait qu'à moitié.

« Probablement, chéri — mais ce n'est pas exactement le mot que l'on choisirait en pensant à vous. Vous n'êtes pas tellement le genre à porter du tweed, fumer la pipe et faire de la menuiserie le dimanche. »

« Non... » James appréciait la justesse de la nuance, mais il y avait d'autres aspects plus séduisants de la virilité, lui semblait-il, dont Léonora aurait pu faire mention.

La salle où se tenait l'exposition était étouffante, surpeuplée et bruyante. James regardait autour de lui, atterré à l'idée de devoir y passer l'après-midi. C'est une vérité aujourd'hui universellement admise que les propriétaires d'animaux domestiques finissent par leur ressembler, et James en acquit certainement la conviction alors qu'en compagnie de Léonora il se frayait un chemin dans la foule qui entourait les cages à la recherche de Liz et de sa portée de chats siamois.

« Te voilà, Liz chérie ! » Léonora tendit la joue à la petit femme brune qui se trouvait devant eux, un plateau de litière pour chats à la main. « J'ai amené James, comme tu vois. »

Elle aurait pu formuler les choses différemment, se dit James, se faisant la réflexion que c'était lui qui l'avait conduite dans sa voiture. Il sentit le regard critique de Liz posé sur lui et se demanda, comme d'habitude, ce qu'elle pensait. Il était toujours un peu gêné en sa présence, peut-être parce qu'on savait qu'étant divorcée elle éprouvait beaucoup de mépris et d'aversion pour les hommes. Mais si, comme il s'en souvenait, il ne fallait pas le classer parmi les mâles, il n'avait pas de crainte à avoir.

« Ravie de vous voir, James », dit-elle, « et que pensez-vous de mes bébés ? »

Deux portées de chatons, dix en tout, dormaient dans la cage, enroulés en un enchevêtrement crème et brun, émaillé çà et là d'un œil bleu, comme un bijou.

« Très joli », dit James. « Est-ce que les juges sont déjà passés ? »

« Ils arrivent. » Liz montra deux femmes corpulentes en manteaux blancs suivies d'une jeune acolyte qui portait une cuvette jaune en plastique pleine d'un désinfectant laiteux. « J'ai assez confiance dans ce lot. Vous ne voudriez pas en acheter un ? »

« Oui, James, vous devriez avoir un chat », dit Léonora encourageante.

« Je ne crois pas que je m'en sortirai », dit James faiblement, se voyant déjà subir la loi de la créature malévole que ce chat pourrait devenir. « D'autre part, je m'en vais bientôt. »

« James part en tournée en Espagne et au Portugal », expliqua Léonora, comme s'il s'agissait d'un enfant. « Humphrey a pensé que ce serait une bonne chose pour lui de voir ce qu'il y a sur le continent. »

« Oh ! mais j'y songe », dit Liz, « Joan Murray est ici. Tu sais combien elle raffole des chats. Elle a demandé à Dickie de la conduire mais il n'est pas resté. »

Très sage de la part de Dickie, pensa James, se demandant s'il devait mentionner sa rencontre avec les Murray à la vente de campagne. Il serait peut-être plus facile de dire quelque chose avant que Joan ne le fasse.

« Léonora ! Quel bonheur de vous voir — et James aussi ! »

Joan Murray fut sur eux sans qu'il ait pu placer sa phrase soigneusement anodine. « Vous n'allez pas me dire qu'Humphrey est ici ? Non — les hommes ont du travail, c'est évident — Dickie n'a fait que me déposer et il s'est sauvé. »

James baissa les yeux ; il se sentait encore moins mâle qu'avant.

« Comme c'est amusant que nous ayons rencontré James à cette vente ! » dit Joan.

« Vous ne me l'aviez pas dit », dit Léonora sur un ton de léger reproche.

« Non, j'ai dû oublier », dit James mal assuré.

« Eh bien, voilà qui est flatteur », protesta Joan. « De toute évidence, je n'ai pas fait grande impression. »

James se joignit tant bien que mal à l'éclat de rire général. L'avait-elle vu avec Phoebe ? se demanda-t-il. Pour autant qu'il se souvînt, Phoebe se trouvait un peu à l'écart quand Joan et Richard l'avaient abordé. A son grand soulagement, Joan changea de sujet. Apparemment, il y avait eu à une autre vente des choses bien plus amusantes.

« Dickie a trouvé des WC à fleurs absolument adorables », disait-elle, bavarde. « Et nous allons les mettre en vitrine et les remplir de joncs et d'herbe des pampas. »

Léonora promit d'aller voir leur magasin, pourtant, comme elle l'avoua plus tard, elle trouvait la sottise de Joan et Dickie plutôt fatigante.

« Vous ne m'avez jamais dit que vous les aviez vus », répéta-t-elle à James, alors qu'ils faisaient le tour de l'exposition ; et, était-ce la chaleur, le bruit, ou le fait qu'elle avait légèrement mal aux pieds, le reproche était maintenant plus sensible dans sa voix.

« Je crois que Joan avait raison — ça ne m'a pas beaucoup marqué, voilà tout », dit James sur un ton assez vif.

Ils s'étaient arrêtés devant une cage : on devinait un chat qui dormait profondément sous un morceau de toile. C'était tellement plus sage de s'abstraire purement et simplement, pensa James, comme le faisait visiblement cet animal. Ou bien de rester assis impassible dans un bac de sable, indifférent aux commentaires des passants. Cependant, trop souvent, comme c'était le cas pour certaines races plus exotiques, les chats tournaient anxieusement dans leur cage en poussant de grands cris plaintifs.

Léonora leva vers James des yeux inquiets et vit qu'il fronçait les sourcils. Elle comprit à ce signe flagrant de contrariété qu'elle était allée trop loin. Elle avait eu tort de renouveler son reproche ; elle ne pouvait manifestement pas attendre de James qu'il lui racontât tous les détails de sa vie, et secrètement elle fut heureuse que sa rencontre avec Joan eût fait si peu d'impression sur lui. « Croyez-vous que

Liz serait fâchée si nous nous sauvions ? » dit-elle.

« Non — partons. Je vous offre le thé chez moi. »

« J'en serais ravie. Et nous pourrions passer en revue vos affaires. »

« Etes-vous sûre que vous vous sentez le courage de faire cela ? » demanda James alors qu'ils prenaient le thé. « Mrs Jelly l'a proposé, vous savez, et elle est sur place. »

« Mais, chéri, elle ne connaît pas vos affaires aussi bien que moi — et puis elle est beaucoup trop occupée. »

Léonora sourit en pensant qu'elle avait été presque jalouse de la femme qui habitait l'appartement du dessous, jusqu'au jour où elle avait fait la connaissance de l'excellente Mrs Jelly, chaleureuse, maternelle, mais totalement dépourvue de séduction, et très occupée par son travail qui consistait à acheter des corsets pour un grand magasin.

« Bien sûr, je préférerais de beaucoup que ce soit vous, si vous vous en sentez vraiment la force », dit James. « Je vais prendre mes affaires personnelles ou bien je les laisserai chez Humphrey. »

Le regard de Léonora s'égara sur la photographie de sa mère et s'y attarda un instant. Il l'emporterait, c'était certain. Elle était toujours troublée lorsqu'elle pensait que cette jeune femme, avec sa coiffure bouclée et son rouge à lèvres foncé des années cinquante, dont Léonora elle-même se souvenait si bien, était la mère de James. Ils avaient parlé d'elle au tout début de leur rencontre, quand James lui avait raconté leur intimité, la soudaineté de sa tragique maladie, et sa mort, mais maintenant elle faisait partie des choses normales et ne suscitait pas plus d'intérêt que le respect plutôt ennuyé que l'on accordait à la femme morte d'Humphrey, Chloé, dans son uniforme ATS. Mais qu'elle était fraîche et jeune maintenant, alors que Léonora ressentait les effets d'un après-midi épuisant.

« Je commence à être fatiguée, chéri », dit-elle. « S'il vous plaît, James, pourriez-vous me reconduire ? »

« Mais bien sûr », dit-il, « nous partons tout de suite. »

Cette visite prolongée à l'exposition de chats avait manifestement trop duré pour elle, et il voyait qu'elle était fatiguée. Il remarqua pour la première fois de nouvelles rides sur son cou magnifique, et il lui prit le bras avec une certaine douceur, comme si elle était un vieil objet fragile qui devait être manipulé avec précaution.

IX

Un matin, quelques jours plus tard, James arriva au magasin pour trouver son oncle et Miss Caton dans un état d'agitation extrême. Il apparaissait que la porte avait été forcée pendant la nuit et qu'un certain nombre de choses avaient été volées.

Dans l'arrière-boutique, Humphrey se tordait les mains, assis sur une chaise Hepplewhite, en dénombrant les pertes d'un air de lamentation.

« Ces cailles », gémissait-il. « Ah, ces cailles ! »

« Tu ne vas pas me dire... »

« Si, mon cher garçon, c'est exactement ce que je dis... ces cailles. »

Il s'agissait de cailles chinoises, des objets d'un certain prix, James s'en souvenait. Il ne savait pas exactement d'où elles venaient, et il avait toujours un peu d'appréhension dès qu'il était question d'objets chinois, car il n'y connaissait pas grand-chose et ne les aimait pas vraiment, bien qu'il n'eût jamais osé l'avouer à son oncle.

« Je viens de faire une tasse de thé », dit Miss Caton qui s'était blottie près du réchaud à gaz. « Ça vous fera du bien — une bonne tasse de thé bien fort avec beaucoup de sucre. J'ai appris ça quand je donnais des soins d'urgence pendant la guerre — c'est ce qu'on recommande quand on a eu un choc. »

Humphrey regarda avec répugnance le liquide brun dans l'épaisse tasse blanche et le refusa d'un geste. « Non merci, Miss Caton — je ne pourrais vraiment pas le boire — et où avez-vous donc trouvé cette tasse horrible ? »

« C'est celle que j'utilise tous les jours », dit-elle vivement.

Humphrey prenait ailleurs son café du matin s'il n'était pas à une vente, et comme il n'était pas souvent au magasin non plus l'après-midi, il n'avait sans doute jamais vu sa secrétaire boire dans cette tasse épaisse et sans doute inusable.

« Eh bien, Miss Caton », dit-il, « tout ce que je peux espérer est que personne ne vous a vue boire dans un objet aussi monstrueux. On ne peut pas dire que ce serait une bonne publicité, vous ne pensez pas ? »

« Je prends mon thé dans l'arrière-boutique », dit-elle, sur la défensive, « et aucun client n'a pu me voir. »

« Et toi, James — tu bois dans une tasse de ce genre ? » lui demanda son oncle d'un air sévère.

« Je ne sais pas », bredouilla James. « Je suppose qu'il n'est pas impossible que je l'aie fait à l'occasion. »

Humphrey eut une exclamation d'horreur.

« Peut-être prendrez-vous une tasse de thé de Chine », insista Miss Caton, « mais il n'aurait pas le même effet revigorant, et sans lait ni sucre, il se pourrait bien qu'il soit trop acide pour vous dans l'état où vous êtes. »

Sans avoir une idée précise de ce qu'il fallait faire, James avait le sentiment qu'ils perdaient du temps. Il se sentait inefficace et coupable d'être arrivé après les autres, comme s'il avait été en son pouvoir d'empêcher le cambriolage en étant là dix minutes plus tôt. A présent, Miss Caton insistait pour qu'il prît la tasse de thé dédaignée et il se trouva en train de la boire presque comme une punition. Le thé n'était vraiment pas bon et il n'était même plus chaud. Celui des *Leopard Dining Rooms* était meilleur que cela.

« Et la police ? » suggéra-t-il.

« Oh, j'ai veillé à tout ça », dit Miss Caton. « J'ai découvert le vol, voyez-vous, lorsque je suis arrivée. A huit heures et quart », ajouta-t-elle avec quelque suffisance. « Le CID [1] est venu immédiatement après que j'ai appelé le 999. Deux hommes tout à fait charmants, en civil, bien sûr. Ils m'ont dit que j'avais très bien fait de ne rien toucher. C'est tellement horrible de penser à ces cambrioleurs qui ont manipulé nos objets délicats avec leurs mains sales et rugueuses. »

« Il est très vraisemblable que les voleurs étaient des hommes de goût », dit Humphrey, « ou du moins ils étaient loin d'être incompétents. Ils ont pris le plus beau netsuké, vous savez. Ce bélier... » il gémit de nouveau. « Donc ils n'avaient probablement pas des mains rugueuses. »

« Peut-être qu'il ne fallait pas prendre au

1. Criminal Investigation Department.

pied de la lettre ce qu'a dit Miss Caton », suggéra James.

« C'est possible, sans doute pas au sens littéral d'ouvriers qui travaillent de leurs mains. De toute manière ils auraient porté des gants — des objets aussi délicats que ces cailles exigent d'être manipulés avec le plus grand soin. »

On appela du magasin. « Il n'y a personne ? »

« Mon Dieu, la porte est ouverte ? » dit Humphrey, « va voir qui c'est, James, pendant que je poursuis cet inventaire. Miss Caton, voulez-vous prendre cela en dictée à la machine, s'il vous plaît. »

Se sentant coupable, James se dépêcha d'aller dans le magasin, car c'était lui qui avait oublié de fermer la porte à clef quand il était arrivé. Un jeune livreur de fleurs se tenait bouche bée devant le bronze de deux figures nues enlacées en une étreinte compliquée. Une gerbe de roses blanches et d'œillets attachés par un ruban mauve avait été posée sur une table en marqueterie de bois de rose. James s'empressa de l'enlever. « Elles sont pour nous ? » demanda-t-il. « Vous êtes sûr de ne pas vous être trompé d'adresse ? »

« C'est ce qui est écrit », dit le garçon qui sortait déjà.

James vit que les fleurs étaient bien adressées à son oncle. N'oubliant pas de fermer la porte cette fois-ci, il retourna auprès d'eux.

« Comme c'est exquis ! » dit Humphrey en prenant une carte dans la petite enveloppe qui était épinglée à la gerbe. « Et cela ne ressemble-t-il pas tout à fait à cette chère Léonora ? Qui d'autre qu'elle aurait pensé à envoyer des fleurs dans un moment comme celui-ci ? Elle a dû le faire tout de suite après que je lui ai téléphoné la terrible nouvelle. »

« Qu'a-t-elle mis sur la carte ? » demanda James.

« Avec mes pensées chaleureuses et ma profonde sympathie dans votre triste situation », lut Humphrey. « C'est si approprié, d'une certaine façon. »

James eut envie de sourire à ces paroles mais il préféra s'abstenir. « C'est inhabituel d'envoyer des fleurs », remarqua-t-il. Qui d'autre que Léonora, en effet...

« Je vais les disposer dans ce vase bleu et blanc », dit Miss Caton.

« Ah, oui, le Worcester », dit Humphrey.

« Irez-vous à Sotheby ce matin ? » demanda-t-elle.

« Oh, non — ce ne sont que des " livres de valeur ", il souligna les mots avec mépris, « aujourd'hui. Il y a beaucoup trop à faire ici. »

Pourtant Humphrey partit tôt pour déjeuner et déclara qu'il ne rentrerait que tard dans l'après-midi. Il lui fut agréable de constater qu'un petit paragraphe des premières éditions du journal du soir était consacré au cambriolage. Le journaliste avait cité ses propres paroles écrivant que les voleurs étaient de toute évidence des hommes de goût.

« Ne crois-tu pas que beaucoup de gens risquent de venir cet après-midi ? » demanda James lorsqu'il se rendit compte qu'on allait le laisser seul.

« Il est à espérer que les gens ne vont pas venir poussés par une vulgaire curiosité », dit Humphrey, « mais si certains le font, les prix sont écrits distinctement. Il doit s'agir d'affaires comme d'habitude », ajouta-t-il en quittant le magasin.

Cela voulait dire, comprit James, qu'il serait obligé de rester assis dans le magasin, à la vue des passants, sinon il serait nécessairement dans l'arrière-boutique avec Miss Caton à l'entendre parler de son amie qui s'instruisait dans la religion catholique, ce qui était son dernier sujet de conversation. (« Et elle a dit au prêtre, "mais supposez que nous soyons vendredi et que j'aie du foie à finir ?" ça le tuait, inutile de le dire ! ») Bien que les règles du jeûne eussent été assouplies Miss Caton aurait encore trop à dire, et James préféra donc s'asseoir dans le magasin.

C'était le genre d'après-midi où la chaleur rend tout travail désagréable. Les événements du matin et l'effort qu'il avait fait pour trier dans son appartement les choses à mettre au garde-meubles ou à prêter à Phoebe et Léonora avaient fatigué James. Il avait tendance à avoir sommeil et s'assoupit même une ou deux fois. Deux Américaines passèrent devant la vitrine et il les entendit qui se posaient des questions sur les prix en dollars. Alors que quatre heures approchaient, il se demanda s'il ne pouvait pas faire un saut à la « pâtisserie[1] » du coin pour prendre une tasse de café plutôt que de s'infliger le thé de Miss Caton, mais il décida qu'il valait mieux s'abstenir. Au bout d'un moment, il s'approcha de la vitrine et y prit une petite boîte en écaille et en argent qu'il avait réservée pour l'anniversaire de Léonora. Il retourna s'asseoir au bureau et se mit à l'examiner de plus près.

1. En français dans le texte.

Vue de cette façon, elle ne semblait pas être tout à fait parfaite, comme il l'avait d'abord cru ; il y avait un léger défaut à un endroit où un morceau de la marqueterie d'argent s'était détaché. C'était en fait plutôt le genre d'objet que Phoebe pourrait apprécier. Léonora aimait que les choses fussent irréprochables, elle n'envisageait pas qu'il pût en être autrement. Il commença à se demander si une personne aussi exquise était bien capable d'empaqueter ce que contenait son appartement et d'avoir affaire aux déménageurs. Cela semblait être trop lui demander et pourtant il ne devait pas oublier qu'elle avait offert de le faire — il n'avait même pas eu besoin de le suggérer. Elle prendrait une ou deux choses pour elle et le reste irait au garde-meubles. Ensuite, Phoebe pourrait aller choisir ce qu'elle voudrait, sans parler des choses qu'il lui avait déjà proposées.

L'après-midi s'étirait. Puis un homme entra dans le magasin rapidement, presque furtivement, et demanda le prix d'un presse-papiers qui était en vitrine. James vit que c'était l'homme qui l'avait regardé à la vente où lui et Humphrey avaient fait la connaissance de Léonora, et en diverses autres occasions. C'était la première fois qu'ils étaient face à face. Il lui indiqua le prix de l'objet et ils échangèrent quelques propos anodins. Puis l'homme fit une invite, ce qui fit venir au visage de James une rougeur qui n'était pas sans le flatter, bien que ce ne fût pas la première fois qu'une telle proposition lui était faite. Si son soupirant avait été plus attirant, et si Miss Caton n'était pas entrée à ce moment-là, qui sait ce qui aurait pu arriver. Les choses étant ce qu'elles étaient, l'homme marmonna quelque chose sur un ami qui était intéressé par le presse-papiers et il quitta le magasin aussi vite qu'il y était entré.

« Oh, cet homme — il rôde toujours par ici », dit Miss Caton avec un geste d'impatience comme si elle écartait un insecte de la main. « On n'a pas envie d'avoir affaire à des gens comme ça. »

Bien qu'il fût disposé à être d'accord avec elle, James fut agacé par son attitude maternelle et par le thé qu'elle lui apportait maintenant dans l'épaisse tasse blanche. Il le but hâtivement, particulièrement conscient maintenant que cet objet était déplacé dans ce lieu.

Soudain, comme si la journée n'avait pas été assez fertile en événements, il vit Phoebe qui regardait dans la vitrine, s'armant manifestement de courage pour entrer.

Sa première réaction fut de panique. Un homme assis dans un magasin, surtout peut-être dans un magasin d'antiquités, est dans une position vulnérable. Il n'était jamais venu à l'esprit de James que Phoebe pourrait arriver à Londres sans y avoir été invitée. Il se l'était toujours représentée à la campagne, dans les petites pièces sombres du cottage, ou assise sous la vigne du jardin derrière, pas ici, près de Sloane Square, où Léonora pouvait apparaître à tout moment. Un instant il imagina leur rencontre avec horreur — Léonora, froide, majestueuse et habillée de manière exquise, Phoebe, timide, sur la défensive, dans ses vêtements bizarres, et lui malencontreusement au milieu. Que se diraient-elles ? Il était évident que cette scène ne devait jamais se produire. Quand Phoebe ouvrit la porte et entra il se souvint avec soulagement que Léonora sortait dîner ce soir-là avec un vieil admirateur, l'une de ces rencontres respectables faites dans les grands jardins d'Europe ; ils ne risqueraient donc pas de la trouver sur leur route. Il pouvait emmener Phoebe à son appartement, puis dîner, et ensuite la mettre dans un train à Waterloo.

Humphrey n'aimait pas voir défiler « toute une cour », et l'accueil que James fit à Phoebe manqua un peu de naturel. Il ne l'embrassa pas, mais lui prit la main et lui murmura quelque chose de vaguement affectueux.

« Qu'est-ce que tu fais ici ? » demanda-t-il.

« Oh, je ne pouvais plus supporter la campagne et le journal d'Anthea Wedge, alors j'ai décidé de venir te voir, et puis d'aller passer la nuit chez ma mère. »

A Putney, il se souvint qu'elle le lui avait dit un jour et qu'il avait pensé que ce n'était peut-être pas l'endroit où l'on souhaitait voir habiter sa mère.

Phoebe avait l'air encore plus maigre et abattue que d'habitude dans une robe de crêpe beige peu seyante qui était à la mode cet été-là et qui lui rappelait pourtant obscurément sa mère à un moment de son enfance qu'il ne situait pas. La robe était manifestement neuve, et il remarqua qu'elle avait passé sur ses ongles du vernis argenté. Il fut attendri et troublé à sa vue et il se rendit compte qu'il avait envie de lui faire l'amour.

Il était cinq heures — l'heure de quitter le magasin, mais trop tôt pour dîner. Il décida de l'emmener à son appartement boire un verre.

Son salon était dans un état de désordre déprimant avec des piles de livres et des objets par terre. Quand ils furent entrés ils s'embrassèrent gauchement, comme si c'était la première fois.

« J'aime bien ta robe », dit-il, « très à la mode. »

Elle lui jeta un coup d'œil soupçonneux. « Mais la couleur ne me va pas. »

« Non ? » Bien sûr qu'elle ne lui allait pas, ou bien alors elle avait besoin d'un maquillage différent, ou d'autre chose. Léonora savait toujours ce qui lui allait, c'en était presque lassant. James aurait aimé conseiller une femme sur ce qu'elle devait porter mais il ne savait par où commencer avec Phoebe.

Elle tournait dans la pièce, semblant mal à l'aise.

« C'est joli », dit-elle, en prenant une statue de bois doré qui venait d'une église espagnole. « Je peux te l'emprunter ? »

« Mon oncle la voudra probablement pour le magasin », il mentit, sachant que Léonora voulait la lui garder.

« Ah bon. Je ne pourrais pas choisir les choses que j'aimerais avoir maintenant ? »

« Eh bien, c'est un peu compliqué. Ça ne t'ennuierait pas d'aller les chercher au garde-meubles ? Ça peut être amusant, je crois », ajouta-t-il en l'imaginant dans ces lieux désolés.

« Comment peux-tu croire que quelque chose puisse m'amuser quand tu ne seras pas là ? »

« Oh, Phoebe, je ne vais pas être parti si longtemps que ça », dit James, en déplorant qu'elle manifestât tant de passion.

« Est-ce que la femme qui habite en dessous va faire tes paquets ? »

James ne répondit pas.

« C'est tellement triste de penser à ton

appartement vide et toi si loin », insista-t-elle.

« L'appartement aurait été vide de toute façon parce que le bail expire », dit James raisonnable, « et j'ai l'intention d'en trouver un autre lorsque je rentrerai. »

« Où iras-tu jusque-là ? »

« Chez mon oncle — il a beaucoup de place. »

« Tu ne seras pas obligé de vivre au-dessus du magasin ? » demanda-t-elle, soudain d'humeur à plaisanter. « Ou avec Miss Caton ? »

« Non. »

Phoebe avait pris la photographie de la mère de James et l'examinait. « Je n'arrive pas à croire que c'est vraiment ta mère — elle a l'air si jeune. »

« Eh bien, elle l'était — relativement. »

« Ce rouge à lèvres noir, ce vernis à ongles assorti et ces rangées de perles — ça semble aujourd'hui plus lointain que l'âge victorien. Pauvre femme, elle ne t'a jamais vu adulte. »

« Je crois qu'il est temps d'aller manger quelque chose », dit James, effrayé — et ce n'était pas la première fois — par l'imagination débordante de Phoebe. « Où allons-nous ? »

« Oh, n'importe où — à toi de décider. »

Le restaurant que James choisit était une des nombreuses trattorias italiennes, petit et encombré de tables plutôt trop serrées, et décoré de chapelets de bouteilles de chianti. Les jeunes serveurs s'empressaient, répondant avec une politesse délicieuse à l'italien de vacances hésitant que certains des dîneurs se sentaient obligés d'essayer sur eux. Les flammes sous divers plats rendaient encore plus chaude cette chaude soirée d'été et le restaurant en avait un air de distinction factice comme si on avait créé sous vos yeux des mets exotiques quand il ne s'agissait souvent de rien de plus qu'une portion de petits pois surgelés réchauffés.

James prit le menu. « De quoi as-tu envie ? » demanda-t-il.

« De rien, en fait », dit-elle peu secourable.

« Ça ne nous avance pas beaucoup », dit-il en parcourant la liste des spécialités italiennes.

« Je voulais dire que ça me suffisait d'être tout simplement avec toi. »

« Merci », dit-il avec grâce, regrettant de ne pas avoir pensé à le dire.

« Je ne te demande pas de partager ce sentiment », s'écria-t-elle avec sa franchise habituelle. « Tout ce dont j'ai envie en fait, c'est d'un verre d'eau, et du pain — il y a des jours comme ça. »

Repensant à sa journée, James décida qu'on pourrait en améliorer au moins la fin et qu'il méritait plutôt mieux. Plus tard, ils allèrent faire une promenade, flânant main dans la main le long de Kensington Church Street, regardant les vitrines des antiquaires. Dans l'une d'elles, il lui montra une paire de vases qu'il admirait et aimerait posséder.

« Peut-être que je pourrais te les offrir », dit-elle.

« Ils coûtent plutôt chers », dit-il en riant. « Je suis allé demander. »

« Je suppose que quelqu'un a les moyens de te les offrir », dit-elle. « Ton oncle, peut-être ? »

« C'est certain — mais il ne m'estime pas à ce point. Et maintenant, je suppose que je devrais te reconduire chez toi. »

« J'aime tes manières démodées », dit-elle moqueuse. « Tu n'as tout de même pas l'intention de faire tout le chemin jusqu'à East Putney ? »

« Bien sûr que si », dit James, un peu rebuté, mais n'en faisant pas moins signe à un taxi. Il eût peut-être été préférable qu'il allât reprendre sa voiture, mais une étroite étreinte dans un taxi permettrait de lui dire plus facilement que c'était leur dernière rencontre avant son départ. Ce ne fut évidemment pas plus simple pour autant et la longue course se termina sans que rien n'eût été dit. Au moins, il lui avait offert un bon repas.

« Je t'appellerai », dit-il, prononçant cette utile formule de séparation.

Il avait fait attendre le taxi, ayant l'intention de s'offrir le luxe de le garder jusque chez lui ; il resta juste le temps de lui donner un dernier baiser rapide sur le seuil, puis la porte de la tranquille maison de banlieue s'ouvrit et une femme aux cheveux gris, qui donnait l'impression d'avoir attendu ce moment, l'attira à l'intérieur. Fronçant un peu les sourcils, comme s'il eût été vaguement insatisfait, James s'installa pour le retour, regardant les chiffres défiler sur le compteur.

Au lit, Léonora tenait le récepteur du téléphone dans sa main et elle entendait le numéro de James qui continuait à sonner. Manifestement il était sorti. Elle avait été obligée de remettre son invitation à dîner parce qu'elle sentait venir un de ses maux de tête, une sorte de migraine dont elle souffrait occasionnellement. La chaleur et la perspective d'une soirée sans grand intérêt l'avaient probablement provoquée. Maintenant, elle avait envie que James vînt la voir, fût assis paisiblement près de son lit, posât peut-être une main fraîche sur son front, ou lui fît la lecture de sa belle voix.

Elle posa le récepteur, déçue et un peu contrariée. Maintenant que James partait, elle ressentait le besoin de passer le plus de temps possible avec lui. Elle pensait qu'il l'aurait souhaité aussi, puis elle se souvint qu'elle avait eu une invitation ce soir et qu'il n'était pas censé savoir qu'elle l'avait remise. Peut-être était-il allé au cinéma, distraction qu'elle n'aimait pas de toute manière, et par conséquent « ça allait ». Elle s'allongea de nouveau et était presque endormie quand le téléphone sonna. Elle souleva vivement le récepteur, mais ce n'était que Meg. Elle était seule aussi, évidemment, pensa Léonora, ne se rendant pas compte que pendant un instant elle faisait une comparaison absurde entre elle et James, et Meg et Colin.

Meg cherchait simplement un prétexte pour reparler de Colin et du travail si dur qui était le sien au snack. Elle pensait vraiment qu'il serait obligé d'abandonner si les choses continuaient ainsi. Maintenant, ils manquaient de personnel à la cuisine et il fallait qu'il coupe les légumes crus — « il faudrait que tu voies ses mains, toutes tachées et sales, c'est vraiment moche » — et comment allait Léonora ? demanda-t-elle un peu tard.

Léonora n'était pas d'humeur à aborder ce sujet et mit un terme à la conversation. Elle était réveillée maintenant, et la radio de Miss Foxe, qui jouait quelque chose d'incongru, rendait le sommeil impossible. Quel soulagement ce serait quand le bail expirerait et qu'elle pourrait se débarrasser d'elle ! Cette pensée fit beaucoup pour apaiser le mal de tête de Léonora, et elle se trouva suffisamment remise pour s'asseoir et refaire son vernis à ongles. Mais ces taches brunes sur ses mains — à la différence de celles de Colin — étaient sûrement un signe de vieillesse ? Le mal de tête recommença à se faire sentir et elle se rallongea. Les larmes coulaient doucement le long de ses joues.

X

James partit pour sa tournée en Espagne et au Portugal bien pourvu de conseils et de lettres d'introduction de son oncle et de recommandations de Léonora sur ce qu'il devrait ou ne devrait pas manger et boire. Une fois dans l'avion, il éprouva, c'était bien naturel, une sensation de liberté, d'évasion presque, à l'idée de se retrouver seul pendant plusieurs semaines. Cependant, sa nature était ainsi faite, la première chose qu'il fit en arrivant en Espagne fut d'envoyer des cartes à Léonora et à Phoebe, disant à l'une qu'il était bien arrivé et que tout était merveilleux mais qu'elle lui manquait, et à l'autre que tout était merveilleux et qu'il avait écrit au garde-meubles, pour prévenir qu'elle viendrait choisir les pièces qu'il avait promis de lui prêter pour le cottage. Il n'ajouta pas qu'elle lui manquait, sachant qu'elle n'attendait pas qu'il le fît.

S'occuper du mobilier d'un homme, en avoir une partie en sa possession surtout, même si ce n'est que temporaire, ajoute considérablement au prestige de quelqu'un ; c'était peut-être la raison pour laquelle Phoebe avait demandé à son amie Jennifer de l'accompagner au garde-meubles dans le nord-ouest de Londres, quelque part au-delà de Cricklewood.

Phoebe avait beaucoup parlé de James, du magasin d'antiquités, et des choses si belles qu'il avait dans son appartement, si bien que Jennifer s'attendait à une révélation peu ordinaire quand on leur ouvrit une caisse à thé et que Phoebe se mit à fouiller dedans. Elle contenait apparemment bon nombre de paquets enveloppés dans des journaux. Le premier qu'elle choisit d'examiner était d'une forme bizarre mais prometteuse, comme s'il avait pu s'agir d'une figurine ou d'une petite statue, ou même d'une pièce de verre soigneusement emballée.

« Oh... » Le journal défait découvrit de vieux ronds de table en liège, un ouvre-bouteilles avec une tête conique et bon nombre de cuillères et fourchettes dont l'argenture était usée. « Peut-être celui-ci. » Phoebe sortit un autre paquet, plus gros. Il apparut que c'était une lampe faite avec une bouteille de vin portugais. « Il a toujours tellement méprisé la mienne », dit-elle déconcertée, « et pourtant on dirait qu'il en avait une lui-même. Je ne me souviens pas de l'avoir remarquée. »

« Je suppose qu'il la cachait quelque part. Elle n'allait pas avec toutes ses belles antiquités. »

« Oui, je suppose que c'était ça. Et ceci ? je me demande ce que c'est. »

Il se trouva que c'était encore une bouteille de vin transformée en lampe, cette fois-ci une bonbonne recouverte d'osier.

Jennifer essaya de ne pas sourire. Les merveilleuses « choses » de James étaient loin de tenir leur promesse, si bien qu'elle commença à mettre en doute d'autres aspects de l'aventure que Phoebe lui avait racontée.

« Ce plateau », continua Phoebe, « art nouveau, non ? »

Cela au moins était respectable. « Et voici un petit oiseau de verre. »

Des bibelots italiens pour touristes, pensa Jennifer ; elle en avait elle-même rapporté un de vacances à Venise.

« Je me demande où sont ses propres affaires », dit Phoebe, en dépaquetant trois cendriers tout à fait quelconques. « Je me souviens d'avoir vu toutes sortes d'objets qui n'ont pas l'air d'être ici. »

« Peut-être qu'ils sont chez sa mère », dit Jennifer sur un ton plutôt amer.

« Mais sa mère est morte — il est orphelin. »

« Pauvre James. »

« Il était très attaché à sa mère. »

« J'imagine. Peut-être un autre parent, alors — son oncle ou une amie. »

Il y eut un silence embarrassé.

« Ça ne semble pas très vraisemblable », dit Phoebe mal assurée, car en effet, qu'en savait-elle ?

Un homme arrivait maintenant de l'extrémité de la galerie ; il portait quelques petits meubles.

Le visage de Phoebe s'éclaira. « Oh, regarde, voici la petite table et le fauteuil victorien — mais où est le miroir en bois fruitier avec les cupidons ? Je croyais que c'était moi qui allais l'avoir. »

« Je crois que Miss Eyre l'a pris, mademoiselle », dit l'homme sans s'émouvoir.

« *Jane* Eyre ? » demanda Jennifer. « Ça ne me dit rien de bon. »

« Miss Léonora Eyre », dit l'homme. « Inhabituel, n'est-ce pas, ce nom, Léo-Nora. »

« Les *Ouvertures de Léonora* », continua Jennifer gaiement. « Je n'ai jamais aimé Beethoven. Le mélange avec Jane Eyre est assez troublant, tu ne crois pas ? »

« Oh, ne sois pas bête. C'est probablement la femme qui habite l'appartement en dessous de James — une vieille dame qui doit avoir soixante ans. Je l'ai rencontrée une fois dans l'escalier. Elle n'arrêtait pas de s'occuper de lui et je suppose qu'il a pensé qu'elle serait sans doute contente d'avoir quelque chose. Quand même, j'étais loin d'imaginer que ce miroir en bois fruitier puisse être son genre. Si seulement j'arrivais à retrouver son nom pourtant », ajouta-t-elle un peu gênée. « Je crois que je ne l'ai jamais su. »

« Eh bien, on ne peut rien y faire maintenant », dit Jennifer avec impatience. « Je pense que tu l'apprendras tôt ou tard. »

Phoebe s'arrangea avec l'homme pour que les meubles lui fussent envoyés au cottage, puis les deux filles partirent rejoindre la mère de Jennifer dans un salon de thé de Wigmore Street. Jennifer se perdait en conjectures sur l'idée de Jane Eyre surveillant le déménagement des meubles de Mr Rochester, et de là elle se mit à imaginer d'autres héroïnes dans des situations semblables. Phoebe écoutait distraitement, car elle était préoccupée par l'idée de Léonora Eyre, et elle se demandait comment savoir avec certitude qui elle était.

XI

Le miroir en bois fruitier était, bien sûr, tout à fait le genre de Léonora. La glace avait un léger défaut et, placée dans une certaine lumière, elle lui renvoyait l'image d'une femme d'un autre siècle, fascinante et sans âge. Ce serait peut-être une bonne idée de s'en servir pour se maquiller, afin de s'épargner quelques-unes des douloureuses découvertes qu'elle avait faites récemment — ces rides là où il n'y en avait pas jusqu'alors, et cette dégradation progressive de la fermeté et de la plénitude de la chair qui était si désolante les matins de printemps ou d'été.

Aujourd'hui, elle devait aller chez le dentiste, Mr Lambe, vieil ami qui l'admirait même dans les circonstances difficiles de leurs rencontres bisannuelles. C'était un bel homme mince qui collectionnait les netsukés — peut-être les petites sculptures d'ivoire décolorées ressemblaient-elles vaguement à des dents, ce qui pouvait expliquer leur séduction pour lui. Il parla avec enthousiasme de sa dernière acquisition tout en bourrant de coton la bouche de Léonora et en plaçant la pompe à salive avant de plomber une dent.

« Un frelon dans une poire pourrie ! » dit-il avec emphase. « Est-ce que cette description n'attirerait pas n'importe quel collectionneur ! Malheureusement, je n'ai pas pu aller à la vente — alors comment vous sentez-vous ? Serrez les dents, s'il vous plaît, Miss Eyre, — pas de gêne ? Et le croiriez-vous, il a été enlevé à deux livres cinquante ! Deux livres cinquante ! Par bonheur, j'ai pu le racheter à l'antiquaire qui l'avait acquis. Quelle tragédie, ce cambriolage au magasin ! Pauvre Mr Boyce ! »

Mr Lambe était aussi le dentiste d'Humphrey et il avait eu récemment sa visite, il n'ignorait donc rien de la perte des cailles. Léonora ferma les yeux quand il commença à tailler une cavité en vue d'un second petit plombage. Deux plombages en une fois — même ses belles dents s'abîmaient maintenant. « Ces cailles », entendit-elle Mr Lambe bourdonner, « des objets si exquis. Les voleurs ne manquaient sûrement pas de discernement. Un tel cambriolage est d'une tout autre nature que les vols insignifiants dont on entend parler en banlieue. » Mr Lambe en était originaire, même si ce n'était pas ainsi qu'il se voyait.

« Je suppose qu'un voleur qui a du discernement pourrait voler des netsukés même en banlieue », remarqua Léonora, « quoiqu'un voleur insignifiant n'en connaîtrait pas la valeur. »

« Non, une personne sans grande envergure ne serait pas nécessairement attirée par des petits objets », dit Mr Lambe. « Il y aurait plus de chances pour qu'elle vole un poste de télévision ou une ménagère. »

Léonora referma les yeux. C'était un après-midi très chaud et l'inconfort des plombages mêlé à la conversation de Mr Lambe lui avait fait ressentir quelque faiblesse. Quand la secrétaire apparut avec son foulard et ses gants, Léonora sentit que la fille la regardait d'un air critique alors qu'elle arrangeait son foulard avec soin autour de son cou.

« Vous me semblez bien pâle, Miss Eyre », dit Mr Lambe. « Vous devriez aller prendre une tasse de thé. Il y a plusieurs endroits charmants à Wigmore Street. »

Bien sûr, Léonora connaissait plusieurs de ces endroits où les femmes élégantes comme elle, et quelques vieux messieurs oisifs, pouvaient passer un moment à boire du café ou du thé et à manger des gâteaux. Comme il était heureux que Mr Lambe n'eût pas interdit de manger et qu'il lui fût possible de prendre un de ses gâteaux préférés, de délicats tortillons de purée de noisettes et de crème sur un fond des plus légers. C'était certainement pour des moments comme ceux-là que de tels délices avaient été inventés, car elle était loin d'avoir son entrain habituel après cette visite épuisante chez le dentiste, et pas de James pour la chérir. En attendant qu'on lui servît son thé, elle sortit la carte postale qu'il lui avait envoyée, si affectueuse et tendre, elle lui manquait, il écrirait bientôt, et bien sûr *tout* son amour.

« C'est ici », dit Jennifer, « et voici maman. On dirait qu'elle attend depuis des heures. »

« Désolées, nous sommes en retard », dit Phoebe en regardant autour d'elle avec méfiance. Ce n'était pas du tout un endroit pour elle, mais elle se dérida quand la serveuse s'approcha de leur table avec un plateau de gâteaux, les pincettes prêtes à œuvrer.

Dans son coin, Léonora eut l'air contrarié, car elle était arrivée avant et aurait dû être servie la première. Enfin, elle avait son thé, et c'était un réconfort.

« Je vais prendre un de ces gâteaux aux marrons », dit Jennifer. « Oh, mais il semble qu'il n'y en ait plus qu'un — tu le veux, Phoebe ? »

« Non, prends-le. Je préfère une tarte aux fraises. »

La serveuse alla à la table de Léonora. « Je suis navrée, Madame », dit-elle en réponse à sa demande, « cette jeune dame là-bas a pris le dernier gâteau aux marrons. »

« Oh, mais c'est vraiment trop irritant », dit Léonora avec fougue. « Je sors de chez le dentiste — je ne peux rien manger de dur. »

« Aucun de nos gâteaux n'est dur, Madame », dit la serveuse d'un ton de reproche. « Ils sont tous frais d'aujourd'hui. »

« Eh bien, alors, un éclair au café. » Léonora lança un regard plein de fureur — même une personne aussi charmante et gracieuse que Léonora savait faire cela quand les circonstances l'exigeaient — en direction de la table où Phoebe, Jennifer et sa mère étaient assises. Mais ces femmes sans distinction, la plus âgée inélégamment entourée de paquets, les jeunes avec des vêtements peu convenables pour la ville et des sacs en papier fleuri, ne semblaient qu'à demi dignes de son attention et elle les oublia bientôt dans le plaisir de l'éclair au café, qui était presque aussi délicieux que la pâtisserie aux marrons l'aurait été.

Seul un diplomate brésilien en retraite, le

type d'homme qui trouve le temps de prendre le thé l'après-midi, assis à une table située à mi-chemin entre les protagonistes, remarqua le petit drame, si tant est que c'en fût un. Qu'ai-je donc vu ? se demanda-t-il. Quelque chose, ou rien du tout ? Une belle femme déçue à cause d'un gâteau, simple bagatelle en vérité, et pourtant qui pouvait dire... ?

Léonora finit son thé et prit un taxi. A l'approche de la maison, elle remarqua avec irritation les rideaux de perse « jacobites » défraîchis de Miss Foxe qui flottaient au vent à une fenêtre de l'étage. Comme ce serait merveilleux quand la maison serait entièrement à elle ! Tout en préparant un dîner léger, Léonora en vint à imaginer ce qu'elle ferait de ces pièces supplémentaires. Puis le téléphone sonna. C'était Humphrey qui demandait s'il pourrait venir la voir, car il craignait qu'elle ne se sentît seule.

Comme les gens étaient bons, pensa Léonora, en préparant un plateau de boissons et en s'apprêtant à recevoir son visiteur.

Du café avec du cognac, peut-être ? Quant à elle, elle préférait la crème de menthe ; elle s'était changée, et dans sa robe de mousseline verte, elle se sentait un faible pour cette boisson.

Humphrey lui avait apporté une assiette de porcelaine — il l'avait trouvée à Portobello la semaine précédente — une bagatelle, rien de plus, mais il pensait que cela pourrait l'amuser. Léonora fut enchantée de la scène victorienne représentant des femmes sous un arbre ; un cèdre, décidèrent-ils.

« Oh, avoir vécu à cette époque », se lamenta-t-elle.

« Ma chère Léonora, vous auriez trouvé cela tout à fait désagréable », dit Humphrey avec fermeté. « Vous avez une vision romantique du passé — et du présent, aussi », ajouta-t-il.

« Oui, je suppose qu'on s'imagine que la vie n'est tolérable que si on en a une vision romantique », admit Léonora. « Et pourtant, ce n'est pas bien, en fait, quand il y a tant de misère et de tristes choses, mais on se sent si impuissant — je veux dire, que peut-on y faire ? Telles que sont les choses, on essaie de bien mener sa vie... » Elle s'arrêta, mécontente de cette expression, car en un sens elle évoquait une image de Miss Foxe partant tôt à l'église le dimanche matin et ce n'était pas du tout ce qu'elle avait voulu dire. « On aime l'art et on donne quelque chose aux bonnes œuvres, bien sûr, et » — à ce moment elle inclina la tête au-dessus de sa crème de menthe — « on aime les gens du mieux qu'on peut... »

Humphrey la laissa remplir à nouveau son verre pendant le silence qui suivit. Il ne savait trop comment dire ce qu'il avait à l'esprit. « Vous voulez dire que vous aimez James », dit-il, mais ce n'était pas ainsi qu'il avait voulu formuler la chose.

« Oui, bien sûr, on adore ce cher James », dit-elle, sur un ton plus affecté qu'à l'ordinaire.

« Mais c'est si irréel, ma chère, cet amour pour James. Vous ne pouvez pas ne pas savoir que ça ne peut mener à rien. »

« Je ne m'attends pas exactement à ce que ça mène à quelque chose, comme vous dites. »

« C'est une relation si peu naturelle »,

continua Humphrey, « une femme séduisante de votre âge et James... » Il ne savait pas trop quoi dire sur son neveu, dont il n'avait jamais bien déterminé les inclinations sexuelles. « Il est tellement plus jeune que vous » — cela au moins était vrai — « et un jour il voudra épouser une fille de son âge, c'est certain, et alors que deviendrez-vous ? »

« On ne regarde pas si loin devant soi », dit Léonora faiblement, « mais bien sûr, je serais la dernière personne à m'y opposer, si jamais il voulait... »

« Mais moi, je le veux ! » dit Humphrey soudainement. « Vous le savez. » Il s'approcha, son corps comme une menace au-dessus d'elle.

Il va m'embrasser, pensa Léonora dans un affolement soudain, que ça s'arrête là, juste ciel. Elle essaya de protester, de crier, mais aucun son ne vint. Humphrey était plus grand et plus fort qu'elle, et son baiser fut tout différent des contacts pleins de révérence sur ses lèvres, ses joues ou son front qui étaient tout ce que James semblait vouloir. On ne pouvait pas perdre sa dignité, bien sûr, pensa Léonora, car après tout, on n'était pas exactement une jeune fille. Se trouver à l'abri de ce genre de chose faisait certainement partie des compensations de l'approche de l'âge et de la triste déchéance de la beauté ; il ne devrait plus vraiment être nécessaire de se défendre des gens. Mais cette constatation était de peu de réconfort dans la situation présente, et voici que la main d'Humphrey, cette main qui était si habituée à estimer des objets d'art et de vertu, s'égarait dans le col de sa robe et aurait certainement déchiré la délicate mousseline, ou pire, si un coup doucement frappé à la porte n'avait causé son retrait hâtif.

La façon de frapper de Miss Foxe, si pleine de politesse et d'excuses, avait souvent agacé Léonora dans le passé. Et même maintenant, bien que son sentiment fût en grande partie de soulagement et de gratitude pour cette interruption — une intervention quasiment divine — elle ne put pas tout à fait maîtriser son irritation habituelle devant la bêtise de Miss Foxe. Car elle devait certainement savoir que Léonora avait quelqu'un chez elle quand la voiture d'Humphrey était si ostensiblement garée devant la maison, et le vestibule rempli de l'odeur de son cigare.

Humphrey avait bondi du sofa et se tenait debout à regarder par la fenêtre quand Léonora ouvrit la porte, si bien que Miss Foxe ne le vit pas immédiatement. Quand elle l'aperçut, elle se confondit en excuses — bien sûr elle n'avait pas la moindre idée... que devait penser Miss Eyre qu'elle l'eût dérangée ainsi, c'était tout à fait impardonnable, loin d'elle la pensée de l'importuner maintenant...

« Entrez, Miss Foxe », dit Léonora avec impatience. « Connaissez-vous Mr Boyce ? Humphrey, je vous présente Miss Foxe qui habite l'appartement du dernier étage. Quelque chose ne va pas, Miss Foxe ? »

« C'est seulement que de l'eau tombe du plafond », répondit-elle, « mais ce n'est rien, vraiment. »

« Oh, il pleut ? » Léonora jeta un coup d'œil vers la fenêtre. La chaude journée avait tourné à l'orage sans qu'elle s'en fût rendu compte ; cette distraction était-elle le fait de l'amour ou du désir ? Sans doute... « Oui, c'est vrai. Eh bien, alors, que pouvons-nous faire ? »

« J'ai pensé que vous auriez peut-être un seau... », commença Miss Foxe.

« Un seau ? » répondit Léonora en écho. Vraiment, avait-elle l'air du genre de personne à avoir un seau ?

« Quelque chose pour recueillir l'eau », suggéra Humphrey, amusé à la pensée de ces deux dames sans seau. « Montons voir, si Miss Foxe n'y voit pas d'inconvénient. »

Ils la suivirent dans les escaliers et entrèrent dans le salon. Humphrey remarqua quelques meubles et porcelaines et en prit note. La pluie dégouttait du plafond dans un grand vase chinois.

« Ma chère Miss Foxe, c'est une pièce de valeur », dit-il.

« De valeur ? » demanda-t-elle négligemment. « Nous en avions deux à la maison. Ils se trouvaient dans le salon remplis de fleurs séchées. Je crois qu'un grand-oncle les a ramenés d'Orient. »

« Vous avez quelques objets charmants », dit Humphrey, regardant le contenu d'un placard d'angle vitré. « Si un jour vous ressentiez le besoin de... euh... » Il préféra ne pas poursuivre.

« M. Boyce est antiquaire », expliqua Léonora, « et il vous donnerait les plus précieux conseils si jamais vous vouliez vendre quelque chose. »

« Oh, j'espère que je n'y serai jamais obligée », dit Miss Foxe. « J'aime avoir mes trésors autour de moi. Eh bien, l'eau a l'air de couler moins fort maintenant. »

« C'est vrai, la pluie a cessé », dit Humphrey. « Voici ce que je vais faire », il se tourna vers Léonora, « je vous enverrai mon entrepreneur demain matin. C'est un homme aimable, et il ne vous prendra pas trop cher. »

— « Oh, ce serait vraiment gentil », dit Miss Foxe avec un peu trop d'empressement, si l'on considérait que c'était pour Léonora plutôt que pour elle qu'on faisait venir l'entrepreneur.

Humphrey descendit avec Léonora dans son appartement. Il y avait encore un peu de cognac dans le verre d'Humphrey, mais il était évident que la soirée était terminée. Rien ne fut dit sur la scène qui avait précédé l'interruption de Miss Foxe, mais aux manières exagérément distantes et affectées de Léonora, Humphrey comprit qu'il s'était montré ridicule. Elle l'embrassa sur la joue comme d'habitude quand ils se souhaitèrent bonne nuit, et il renouvela sa promesse d'envoyer l'entrepreneur le lendemain matin. Peut-être ce geste concret serait-il plus approprié qu'un objet trop soigneusement choisi ou une gerbe de fleurs un peu trop éloquente. Et de toute manière, qu'avait-il fait dont il dût s'excuser ? Il avait seulement montré qu'il la trouvait séduisante, et toute femme avait sûrement besoin d'être rassurée sur ce point à l'occasion.

Léonora aussi chassa la scène de son esprit. Bizarre, ce cher vieil Humphrey, ce devait être le cognac. On ne pouvait vraiment pas le laisser agir ainsi. En examinant sa robe, elle constata que le tissu n'était pas déchiré, seule la couture de l'épaule avait lâché, et cela pouvait facilement être réparé.

XII

Peu après sa visite au garde-meubles, Phoebe eut l'occasion d'aller à Londres acheter des carbones et un ruban de machine à écrire neuf, les débordements du journal qu'elle publiait l'ayant réduit à un gris pâle à peine déchiffrable. Alors que l'heure du thé approchait, bien que ce ne fût pas une heure marquante dans l'esprit de Phoebe, elle se trouva près de Sloane Square, marchant en direction du magasin d'antiquités. Elle avait le vague projet d'entrer en conversation avec quelqu'un — elle n'avait pas été jusqu'à imaginer qui cela pourrait être — dans l'espoir d'obtenir des nouvelles de James, plus récentes que celles que sa dernière carte lui avait données.

Elle ne vit personne lorsqu'elle s'approcha de la vitrine, mais elle découvrit bientôt une femme, une tasse blanche à la main, qui se tenait furtivement dans l'arrière-boutique.

« Je suis vraiment désolée », dit-elle, quand Phoebe entra, « j'attends Mr Boyce d'une minute à l'autre. Peut-être puis-je vous aider ? »

« Je suis une amie du neveu de Mr Boyce », dit Phoebe avec audace.

« Oh, alors peut-être prendrez-vous une

tasse de thé », dit Miss Caton d'un air de soulagement. « Je craignais que vous n'ayez l'intention d'acheter. »

Phoebe accepta le thé presque avec gratitude, bien qu'il fût horriblement fort, car ses vagabondages l'avaient fatiguée. Miss Caton était une bonne vieille dame, et elle était tout à fait prête à bavarder. Ce fut la chose la plus facile du monde pour Phoebe que de demander incidemment si elle connaissait Miss Eyre, qui avait préparé le déménagement des meubles de James.

« Oh, Miss Eyre », dit-elle dans un souffle, presque avec révérence. « C'est une grande amie de Mr Boyce. Vous vous souvenez du cambriolage ? Elle avait envoyé des fleurs — n'était-ce pas un geste adorable ? Et il se trouve que je sais », ici elle s'interrompit avec une sorte de pudeur, « que Mr Boyce l'emmène à Covent Garden ce soir. »

Donc, Miss Eyre était une amie d'Humphrey — cela expliquait tout. Quoi de plus naturel qu'elle surveillât le rangement des meubles de James ? Elle devait être comme une tante pour lui. Elle n'eut pas le temps de glaner davantage de renseignements avant l'arrivée d'Humphrey au magasin. Manifestement, quelque chose l'avait contrarié. Phoebe remarqua que Miss Caton faisait disparaître les tasses de thé très rapidement, presque comme si elle ne voulait pas qu'il les vît.

« Quelle poisse ! » s'exclama-t-il. « Un après-midi perdu. »

Phoebe sentit qu'il fallait dire quelque chose, mais il poursuivit, ne la remarquant apparemment pas, « le lot quatre-vingt-dix était prévu vers trois heures, mais quand je suis arrivé à dix heures, ils en étaient au lot cent cinq ».

« Oh, mon Dieu, pourquoi donc ? », murmura Miss Caton.

« Parce qu'une imbécile avait décidé de retirer ses malheureux objets de la vente, " Propriété d'une dame : retiré ". »

« Cette jeune dame est une amie de Mr James », dit Miss Caton en désignant Phoebe.

Humphrey eut l'air surpris. L'allure un peu bizarre de Phoebe ne l'attirait pas personnellement, mais c'était une femme, et elle était jeune. Ah ! se dit-il, délibérément mélodramatique, le jeune James a donc une maîtresse quelque part. Que va en dire Léonora ?

« Vous connaissez bien James ? », se surprit-il à demander.

« Je l'ai rencontré il y a quelque temps à une party », expliqua Phoebe. « Il vient me voir de temps en temps à la campagne — j'y travaille en ce moment. »

C'était donc cela, pensa Humphrey. Maintenant, il pouvait s'avouer qu'il avait toujours eu des doutes quant au sexe des amants de James. Peut-être, en tant qu'oncle et neveu, étaient-ils trop proches pour que James se confiât à lui. Ou peut-être n'étaient-ils pas assez proches au contraire. Or, cette personne était indiscutablement une fille. Il avait mis ses lunettes pour s'en assurer, car ce n'était pas toujours facile à dire à l'époque où l'on vivait.

« Ma chère, j'espère que Miss Caton s'est occupée de vous », dit-il cordialement. « Peut-être accepteriez-vous un verre de sherry ? »

« Eh bien, oui, merci », dit Phoebe avec maladresse.

« Nous avons de très heureuses nouvelles de James de Zaragoza », continua Humphrey, prononçant le mot avec une correction laborieuse, « mais bien sûr, vous avez probablement des nouvelles plus récentes de lui. »

« Pas vraiment », dit Phoebe d'un air navré.

« Le service des postes en Espagne est épouvantable et le nôtre n'est plus ce qu'il était », dit Humphrey aimablement. « James va aller au Portugal, et puis il rentrera. Il semble qu'il ait trouvé un compagnon au cours de son voyage. »

« Quelqu'un qui s'intéresse aux antiquités ? » demanda Phoebe, essayant de paraître indifférente.

« C'est " un Américain du nom de Ned " », dit Humphrey, « alors c'est sans doute peu probable. »

Phoebe fut vraiment soulagée d'apprendre que le compagnon était un homme quand il aurait pu si facilement s'agir d'une fille.

« Il doit manquer un peu de compagnie », dit Miss Caton bavarde, « comme lorsqu'on part seul en vacances. Je préfère toujours partir en groupe. »

« Mais James n'est pas en vacances », lui rappela Humphrey. « Il est là-bas pour prospecter, et j'espère qu'il ramènera quelque chose qui en vaut la peine. »

« Je crois qu'il faut que je parte », dit Phoebe. « Je dois aller à Putney où habite ma mère. East Putney. »

« Ah, oui, vous pouvez prendre un train à Sloane Square, il me semble », dit Humphrey avec l'imprécision de quelqu'un qui n'utilise jamais les transports en commun. « N'est-ce pas, Miss Caton ? »

« Oh, oui », dit Miss Caton avec fermeté. « C'est sur la District Line. »

« Vous en êtes sûre ? » demanda Humphrey. « Il serait préférable de demander à la gare. »

Phoebe, qui savait parfaitement qu'on pouvait prendre un train à Sloane Square pour se rendre à East Putney, s'en alla tout à fait satisfaite des résultats de son après-midi.

Comme Miss Caton l'avait confié à Phoebe, Humphrey emmenait Léonora à l'opéra ce soir-là. Ce n'était pas une forme de divertissement qu'il affectionnait outre mesure, car il n'était pas mélomane, mais bien sûr, il savait ce qu'on était censé aimer. Ce soir-là, on donnait *La Tosca,* l'opéra préféré de Léonora. Son goût, sa passion presque, pour Puccini, n'étaient-ils pas un peu indignes d'elle ? se demanda Humphrey. Puccini n'était-il pas un rien médiocre, et Humphrey aurait-il admiré davantage Léonora si elle avait préféré Mozart ? Pourtant, c'était cette minuscule faille dans sa perfection qui la rendait humaine, et il n'était certainement pas anormal qu'elle s'identifiât avec l'héroïne. La plupart des femmes, supposait-il, prétendaient bien vivre pour l'art et l'amour. Il était fâcheux qu'il eût ce qui serait sans doute une mauvaise nouvelle à lui annoncer. Evidemment, il pouvait ne rien dire de la fille qui était venue au magasin cet après-midi, mais il avait le sentiment qu'il était préférable que Léonora fût au courant. Et qui mieux que lui pour le lui dire ?

Léonora avait l'air belle et lointaine en dentelle noire. « Quelle musique ravissante », murmura-t-elle, en se penchant vers Humphrey et en laissant sa manche frôler son bras nu. De toute évidence, elle lui avait tout à fait pardonné sa conduite stupide de l'autre soir, et il avait sans doute fait amende honorable en demandant à son entrepreneur de passer le lendemain, si bien que la fuite du toit avait été rapidement réparée. C'était le genre de chose que l'on attendait en fait de quelqu'un comme Humphrey, pensa Léonora, en s'éloignant un peu de lui.

Est-ce que *La Tosca* était bien le plus heureux des choix ? se demanda-t-il en pensant à la nouvelle dont il devait lui faire part. On pouvait certainement identifier Léonora à l'héroïne, vivant pour l'amour et l'art, mais il était difficile d'imaginer Humphrey ou James dans les rôles de Mario et Scarpia. Il ne lui avait jamais imposé ses attentions, pensa-t-il, non sans suffisance ; il s'était contenté d'attendre qu'elle jugeât bon de se tourner vers lui et ce moment, précisément, était peut-être venu. Quand devait-il lui apprendre la nouvelle et où ? Pas dans le bar bondé à l'entr'acte, car il attendait son verre depuis le début du premier acte. Et il serait cruel de perturber Léonora au deuxième entr'acte, avec le dernier acte tragique qui suivait. Il faudrait que ce fût pendant qu'ils dîneraient.

« Pas de jambon de Parme fumé », dit Humphrey hâtivement alors que, quelques instants plus tard, ils étudiaient le menu. Un de ses collègues avait eu une expérience malheureuse avec du jambon. Une bonne soupe chaude serait peut-être le mieux pour tous les deux, mais Léonora voulut un avocat garni de crevettes. Humphrey la laissa en prendre une bouchée et le déclarer délicieux avant d'entreprendre sa corvée.

« Ma chère », déclara-t-il, « j'ai une nouvelle pour vous. »

« Une nouvelle ? Qu'est-ce que cela peut-il être ? Quelque chose d'agréable ? » demanda-t-elle d'une voix taquine.

« En un sens — cela dépend comment on la considère. Je ne crois pas qu' " agréable " soit tout à fait le mot juste. »

« Pas agréable, alors. Excitante ? Amusante ? »

« Oui, amusante, peut-être. » Vraiment, il ne devait pas différer beaucoup plus longtemps. « Que pensez-vous que notre jeune ami James nous ait caché ? », demanda-t-il, délibérément plus pompeux qu'à l'ordinaire.

« Oh, il s'agit de James. » Son comportement sembla se modifier. « Qu'est-ce que James " nous a caché ", comme vous dites ? »

« Il a une maîtresse ! » Voilà, c'était dit. « Pendant tout ce temps, il a eu cette fille cachée à la campagne, et nous n'étions ni l'un ni l'autre au courant de son existence. »

Une crevette tomba sur la nappe, mais peut-être serait-elle tombée de toute façon.

« Comme je mange salement », dit Léonora avec calme. « Est-ce un signe de vieillissement, ou quoi ? Dois-je ramasser la mayonnaise avec mon couteau ? »

« Oh, laissez », dit Humphrey avec impatience. « Ne me dites pas que vous avez toujours su, au sujet de James ? »

« Oh, on avait deviné quelque chose. » Léonora prit une gorgée de Sauternes. « Après tout, James est si beau — on a toujours supposé qu'il devait avoir une quelconque vie amoureuse. Dites-moi comment vous l'avez découvert. »

« Cette fille est venue au magasin, elle voulait de toute évidence avoir de ses nouvelles. »

« Il n'avait donc pas écrit ? »

« Sans doute que non, mais vous connaissez la poste. »

« Et on connaît ce cher James — on aurait imaginé qu'elle aussi le connaissait. Comment est-elle ? Jeune ? Jolie ? Elégante ? » Léonora essaya de ne pas laisser paraître sa vive curiosité.

« Jeune — environ vingt ans, je suppose. Plutôt mal habillée, avec cet air languissant que les filles semblent avoir de nos jours. Des cheveux longs en désordre, et un manteau d'une quelconque peau, du cuir, je crois. »

« James a toujours dit qu'il détestait les manteaux de cuir — c'est significatif. Et comment s'appelle-t-elle ? »

« Phoebe Sharpe. »

« Phoebe Sharpe », murmura Léonora, et tout comme Jennifer avait éprouvé un sentiment de trouble et de déplaisir lorsqu'elle avait entendu le nom de « Léonora Eyre », Léonora était maintenant consciente d'un léger malaise. Ce nom évoquait un souvenir de Gilbert et Sullivan (*le Hallebardier de la garde du corps*) et la Becky Sharpe de Thackeray ; mélange troublant, mais peut-être que dans ces circonstances tout nom aurait eu des connotations désagréables.

« Je crois que sa mère habite à Putney — East Putney, si mes souvenirs sont bons. »

Léonora rit. « Quel tableau extraordinaire

vous me peignez. Ça ne ressemble pas du tout à James. En êtes-vous sûr ? »

« Oh, oui. Elle est allée prendre un train de la District Line à Sloane Square après avoir quitté le magasin. »

« Je ne mettais pas en doute ce qui concerne Putney », dit Léonora. « Je voulais dire, comment pouviez-vous être sûr de leurs relations ? »

« J'en ai eu le sentiment — on ne peut pas vraiment l'expliquer. De toute façon, tous les jeunes ne couchent-ils pas de nos jours — c'est bien comme cela qu'on dit ? »

« Je ne sais pas », dit Léonora avec hauteur. « Comment saurait-on ce genre de choses ? Et puis on ne cherche certainement pas à se mettre au courant de l'argot moderne. Il me semble me souvenir que les gens " couchaient ", comme vous dites, il y a vingt ans et plus. »

Humphrey avait l'air plutôt découragé. « Alors vous n'êtes pas exactement étonnée de ma nouvelle ? » demanda-t-il.

« Au sujet de James ? Non, je ne suis pas surprise du tout, comme je vous l'ai dit. Et comment sait-on s'il ne s'est pas lié avec une jolie Espagnole à l'heure qu'il est ? »

« C'est un peu ce que cette pauvre Miss Sharpe craignait, je pense », dit Humphrey, soulagé que Léonora prît si bien la chose.

Dans le taxi qui les reconduisait, il fut plutôt tendre avec elle, dans la mesure où elle le lui permettait, mais elle ne l'invita pas à entrer. De toute façon, ils n'auraient parlé que de James, pensa-t-il.

Léonora était dans le vestibule, attendant

que le taxi s'éloignât. Quand une charmante femme va jusqu'à la déraison, dit-elle au miroir en bois fruitier, mais bien sûr ce n'était pas exactement cela. Dans la cuisine elle pensa qu'elle pourrait presque « avoir envie » d'une tasse de thé des Indes bien fort, mais bien sûr on ne pouvait pas vraiment envisager de boire du thé après ce dîner délicieux. Elle était calme, peut-être engourdie par le choc — car elle ne se doutait évidemment pas que James voyait une autre femme, quoi qu'elle eût prétendu devant Humphrey. Cependant, elle réfléchissait depuis le moment où elle avait appris la nouvelle, et maintenant elle savait exactement ce qu'elle allait faire. Elle se déshabilla, suspendit et plia ses vêtements avec méthode, puis s'assit à son bureau en tenue de nuit et commença à écrire une lettre.

« Chère Miss Foxe », commençait la lettre. « Je suis désolée mais je vais sans doute devoir vous demander de libérer votre appartement à la fin du mois plutôt qu'à l'expiration du bail, comme nous en avions convenu. » « Convenu » était peut-être une exagération, car elles n'avaient rien fait d'autre que de discuter de l'avenir dans les termes les plus vagues. Léonora s'était surprise à espérer, et ce n'était pas bien, elle le savait, que Miss Foxe ne serait pas vraiment consciente de sa position de force en tant que locataire d'un appartement vide. De plus, étant une personne de si bonne naissance, il était toujours possible qu'elle se sentît obligée de faire ce que Léonora voulait. Léonora continua. « Une de mes connaissances revient de l'étranger et n'a pas d'endroit où aller, et je suis sûre que vous comprendrez la situation. » Léonora s'arrêta de nouveau, se représentant cette « connaissance » comme Miss Foxe pourrait le faire — une femme qui aurait magnifiquement servi le pays, comme infirmière ou dans les missions. « Bien sûr, je ferai tout mon possible pour vous aider à trouver une " solution de remplacement " » — c'était bien le jargon qu'on utilisait, pensait-elle. « Très sincères salutations » — il valait mieux être très sincère dans ce genre de lettre — « Léonora M. Eyre. »

Elle prendrait contact avec le garde-meubles le lendemain matin — il n'y avait rien d'autre à faire pour le moment.

XIII

James était en train de lire une lettre de Léonora. Le compagnon qu'il avait rencontré au cours de son voyage (« un Américain du nom de Ned ») le regardait un sourire aux lèvres, comme s'il s'attendait à ce qu'on lui lût des extraits de la lettre.

« Eh bien ? » demanda-t-il, quand James plia la lettre et la remit dans l'enveloppe.

« Rien, à vrai dire », marmonna James.

« Allez, Jimmie, il fallait bien qu'il y ait *quelque chose* dans cette lettre pour que tu la plies et la ranges si vite. J'aurais aimé que tu voies ta tête... » Obsédante comme un moustique, la voix grêle de Ned poursuivait son enquête malicieuse. Il était petit et soigné, avec des cheveux blonds lisses et des yeux bleus ; on lui donnait beaucoup moins que ses vingt-neuf ans jusqu'au moment où, le regardant de plus près, on constatait que la vie avait, après tout, laissé sa marque.

Ils étaient dans un hôtel à Lisbonne où ils passaient quelque temps avant de rentrer à Londres. Leur chambre était étriquée et sans soleil, et pourtant la chaleur de l'après-midi y était oppressante. La vue se réduisait à une longue et profonde plongée dans un puits sur lequel donnaient les cuisines. On entendait le fracas des plats et de grands éclats de voix inintelligibles quand les employés de l'hôtel faisaient la vaisselle ou préparaient quelque mets, traditionnel ou non.

James était allongé sur un lit, où il avait lu la lettre de Léonora. Il fixait le mur qui était tapissé d'une sorte de papier rayé, comme l'intérieur d'une valise démodée. On se serait presque cru dans une valise ici, avec la chaleur et la sensation générale d'exiguïté que donnaient la présence de Ned et sa voix américaine geignarde. James ferma les yeux et essaya d'imaginer la chambre fraîche aux murs verts de Léonora avec les plantes grimpantes et quelque délicieuse boisson à ses côtés. Sa lettre, pleine de ses faits et gestes, la lui avait fait apparaître avec force. Elle était allée voir *La Tosca* avec Humphrey le jour où elle avait écrit, et elle portait sans doute sa robe de dentelle noire. Elle avait examiné les journaux et les vitrines des agents immobiliers pour voir si elle pouvait lui trouver un appartement convenable. (« Après tout, vous n'aurez pas envie d'être bloqué indéfiniment chez Humphrey ! ») D'ici son retour, elle espérait avoir une liste d'endroits possibles qu'il pourrait visiter — ne serait-ce pas amusant ? Certes oui, mais James avait eu envie de chercher un appartement lui-même...

« C'était de Phoebe, cette lettre ? » continua Ned avec acharnement.

Phoebe. Comme Phoebe semblait loin maintenant, comme si elle n'avait jamais existé. James eut une légère pointe de remords à son sujet, car il ne lui avait envoyé que quelques cartes rapides et il n'avait pas répondu à ses deux dernières lettres. Ned pensait que c'était perdre son temps que de s'occuper de correspondance lorsqu'on voyageait, bien que lui-même écrivît deux fois par semaine à sa mère à Cambridge, Massachusetts.

« Non, elle était de Léonora », répondit James laconique.

« Léonora, ton élégante amie... »

« Oui, il faut que tu fasses sa connaissance lorsque tu viendras à Londres », dit James, en essayant d'imaginer la situation, et soulagé que la rencontre n'eût pas à se faire avant longtemps, puisque Ned allait chez des amis à Oxford avant de venir travailler au British Museum. Il était assistant d'anglais dans une petite université respectable de Nouvelle-Angleterre et il jouissait d'une année sabbatique, année pendant laquelle il espérait terminer sa thèse de doctorat.

« Nous aurons tant à nous dire, je le sens », continua Ned avec toute la candeur dont il était capable. « J'adore tout simplement les élégantes Anglaises. Est-ce qu'elle porte des chapeaux à larges bords et des longues chaussures étroites ? »

« Elle s'habille très bien », dit James, sur la défensive.

En fait, la lettre de Léonora contenait la description de quelques-uns des nouveaux vêtements d'automne qu'elle se faisait faire — un manteau de tweed lilas avec robe, et « encore une petite chose noire, vaporeuse et flottante, parfaite pour les jours d'émotion », ainsi qu'elle le disait. Il était impossible d'imaginer Phoebe décrivant ses vêtements à elle. Sa dernière lettre était très différente du récit civilisé de la vie que faisait Léonora — un débordement brutal de sentiments, plein de références à des choses qu'il voulait oublier, et en filigrane, tous les reproches implicites qui lui donnaient un tel sentiment de culpabilité. Quelle fille pesante que Phoebe, et comme il s'était mal conduit avec elle !

« Et je pourrai faire la connaissance de Phoebe aussi ? » insista Ned.

« Si tu veux. Elle est sûrement très intelligente », dit James avec espoir, se rendant compte qu'elle et Ned auraient sans doute beaucoup à se dire. Malgré tout, on ne pouvait pas tout à fait l'imaginer, pas plus que toute autre fille au demeurant, tombant amoureuse de Ned.

« Je suppose que j'aurais beaucoup de choses en commun avec Phoebe, et pas seulement la littérature anglaise », dit Ned, en jetant à James un regard en coin. « Il faut que tu nous réunisses tous. Et si tu donnais un apéritif dans ton nouvel appartement ? »

« Oui, c'est une idée », dit James, avec un enthousiasme forcé. « Mais bien sûr, je n'ai pas encore de nouvel appartement. »

« Peut-être pas, mais tu en auras un. Et en attendant, qu'est-ce qu'on fait ? »

« Je ne sais pas », dit James.

Le parfum de Ned, tellement plus puissant et plus exotique que l'after-shave discrètement anglais qui était la seule chose que James ait jamais utilisée, sembla remplir la pièce quand il s'approcha du lit où James était allongé, tenant encore la lettre de Léonora dans sa main.

XIV

Finalement Léonora se débarrassa de Miss Foxe avec une facilité surprenante. Elle lui avait laissé la lettre sur la table du vestibule, où elle ne pouvait pas manquer de la voir, plutôt que de courir le risque d'une rencontre embarrassante en la glissant sous la porte. Elle était ensuite sortie pour se rasséréner et se préparer à ce qui l'attendait, car même Léonora — quelque inflexible qu'elle se prétendît — n'était pas sans savoir que mettre à la rue une dame âgée pourrait bien être une expérience éprouvante. Elle arpentait le parc au soleil, admirant les parterres d'héliotropes et de fuchsias, et se remémorant le jour où elle s'était promenée là avec James. C'était pour lui qu'elle faisait cela, pas pour elle. Deux tours de parc suffirent à la convaincre du bien-fondé de sa décision, si bien que quand elle rentra chez elle et trouva Miss Foxe qui rôdait dans le vestibule elle était prête, décidée à être ferme sans être cruelle, ou du moins pas plus qu'il ne serait nécessaire.

« Oh, Miss Eyre », dit Miss Foxe — elles n'étaient jamais devenues « Léonora » et « Charlotte » l'une pour l'autre — « je viens de trouver votre lettre. Je me demande si nous pourrions en parler. »

« Certainement, Miss Foxe », dit Léonora, soulagée qu'elle ne parût pas indûment agitée. « Entrez prendre une tasse de café », ajouta-t-elle aimablement.

« Oh, merci, Miss Eyre, votre café est toujours si délicieux. »

« J'espère que ma lettre n'a pas été une surprise trop brutale », commença Léonora en versant le café.

« Eh bien, en un sens si, mais en fait c'était plutôt un soulagement. Vous voyez, je voulais vous demander si je pouvais partir avant l'expiration du bail, car j'ai trouvé ce qu'on appelle, je crois, une " solution de remplacement " — ici elles échangèrent un sourire — « et naturellement je suis impatiente de m'installer dès que possible. »

Léonora fut presque déçue. Où Miss Foxe avait-elle pu trouver un endroit qui pût lui convenir à un prix aussi raisonnable que son loyer actuel ?

« C'est le prieuré Saint-Basil », continua Miss Foxe, comme si Léonora pouvait comprendre immédiatement ce dont il s'agissait. « Une merveilleuse maison de campagne pour les gens d'un certain âge, tenue par des sœurs anglicanes », expliqua-t-elle, « et elles ont accepté de me prendre. »

A l'écouter, on aurait dit une femme déchue, pensa Léonora, être « prise » par des sœurs.

« Un décès a libéré une place — c'est Mme Ainger qui me l'a dit, mais bien sûr vous ne la connaissez pas, n'est-ce pas ? — enfin, c'est ainsi, et j'aimerais partir la semaine prochaine. »

« Et vos meubles ? », demanda Léonora, en pensant à Humphrey. « Je suppose que vous voudrez les vendre ? »

« Oh non, je peux prendre mes affaires avec moi. Je dois avoir deux pièces non meublées. »

« Je vois — ça a l'air idéal pour vous. »

« Oui, je suis si contente que les choses se soient passées ainsi. Quand vous avez parlé dans votre lettre de votre connaissance qui rentrait de l'étranger et qui avait besoin de se loger, j'ai pensé, eh bien, peut-être qu'il devait en être ainsi, vous savez... » Elle leva la tête en direction du plafond, « je crois vraiment que ce genre de choses arrive parfois, Miss Eyre... »

Peut-être, se dit Léonora, en pensant à James.

« Et il y a le chauffage central, donc plus d'ennuis avec ces lourds bidons de mazout, et finis les aléas des livraisons. Je n'oublie pas votre neveu qui avait été si gentil le jour où il avait monté les bidons jusque chez moi. Je pense à ce genre d'action quand on entend parler de vandalisme et de violence partout — tous les jeunes ne sont pas comme ça, n'est-ce pas ? »

Léonora fut un instant déconcertée — James, son « neveu », n'avait sûrement pas l'air si jeune que ça ? Et pourtant, s'il en était ainsi, quelle importance ? « Avez-vous pris rendez-vous avec les déménageurs ? », demanda-t-elle. « Je connais une très bonne entreprise. »

« Oh, c'est arrangé », dit Miss Foxe avec enthousiasme. « Deux des frères convers viendront avec le camion. »

Léonora exprima quelque étonnement.

« Oui, vous savez, il y a aussi des moines — oh, tout le monde ne vit pas ensemble, bien sûr, mais très près. Et ils aident les sœurs à toutes sortes de petits travaux. En fait, l'un des frères était déménageur avant d'entrer à Saint-Basil. »

« Comme c'est curieux », dit Léonora. C'était sans doute une solution commode, mais elle espérait bien que les frères et leur camion ne se feraient pas trop remarquer dans la rue et ne rendrait pas l'opération tout simplement ridicule, ou bien n'offenseraient pas en quelque manière sa propre dignité.

Quand le jour du déménagement arriva, Léonora fut évidemment assez femme pour observer la chose à l'ombre de ses rideaux. L'un des frères convers était d'une beauté saisissante, quel gâchis vraiment, se disait-on, alors que l'autre, celui peut-être qui avait été déménageur dans sa vie mondaine, était petit et trapu. Léonora les regarda descendre les affaires de Miss Foxe dans leur camion, remarquant particulièrement les jarres chinoises qu'Humphrey avait convoitées. Quand tout eut été chargé, Léonora fit son apparition dans le vestibule pour dire au revoir. Elle pouvait se permettre d'être aimable maintenant, et elle fut aussi charmante qu'elle savait l'être, souhaitant à Miss Foxe tout le bonheur possible dans sa nouvelle vie. Il était peut-être regrettable que Miss Foxe eût à faire le voyage dans le camion avec les frères, et tous les trois avaient l'air plutôt bizarre perchés devant, Miss Foxe au milieu. Enfin, elle était partie, c'était le principal. La maison serait très différente maintenant.

Léonora ne put se défendre de monter en hâte dans l'appartement vide et d'imaginer les meubles de James disposés dans les pièces, car maintenant elle pouvait librement s'avouer que c'était bien son intention que de l'avoir sous son toit. Les événements qui avaient conduit à cette décision, et l'anxiété, le chagrin presque, avaient été relégués au fond de son esprit par l'affaire du déménagement de Miss Foxe. Elle se mit alors à se remémorer ce qu'Humphrey avait dit ; elle se demanda jusqu'à quel point elle devait le prendre au sérieux et ce qu'elle pouvait faire à ce sujet. D'après la description qu'Humphrey avait faite de la fille, toute cette histoire semblait plutôt sordide et méprisable, le genre de liaison dont James aurait honte et à laquelle il attachait peu de prix. Car rien ne pouvait atteindre *leur* relation, leur rare et merveilleuse amitié, Léonora en était sûre. Malgré tout, elle éprouvait de la curiosité envers cette fille. Elle savait que James était allé prêter quelques meubles à une amie à la campagne, mais elle ne l'avait pas relevé à ce moment-là. Est-ce que l'amie pouvait être cette fille, Phoebe Sharpe ? Il serait facile de le savoir quand elle s'occuperait de faire venir les meubles de James dans l'appartement vide. Après tout, on économiserait le coût du garde-meubles en mettant ses affaires chez elle, et James pourrait décorer lui-même l'appartement lorsqu'il reviendrait.

Le contremaître au dépôt fut très serviable — Léonora l'avait déjà classé dans les « petits hommes adorables » — et il put lui donner l'adresse de la jeune personne qui s'était fait envoyer les meubles à la campagne. Et bien sûr, son nom était Miss Sharpe.

Maintenant se posait la question de la suite à donner à cette affaire. Devait-elle écrire pour s'annoncer, ou bien arriver à l'improviste —

les gens à la campagne étaient toujours chez eux — et ainsi voir par elle-même les lieux du crime de James, si l'on pouvait l'appeler ainsi ? Léonora, bien sûr, n'avait pas de voiture, et elle ne voulait pas non plus faire appel à Humphrey en cette occasion ; elle entendait y aller seule, et arriver anonymement par le train ou par le bus. Il y avait quelque chose de plaisamment aventureux dans un voyage par les bus de la Green Line, et par une heureuse coïncidence, il semblait que l'un d'eux desservît le village. Une fois arrivée, elle ne devrait pas avoir de difficulté à trouver Vine Cottage.

Léonora fut la seule personne à descendre du bus dans le village. C'était le milieu d'un après-midi, chaud et ensoleillé, et l'endroit était désert comme si l'on se fût trouvé en Italie ou en Espagne quand les habitants font la sieste. Elle ne vit personne à qui demander son chemin et elle se mit donc à marcher lentement le long de la large rue principale, jusqu'à l'église. Puis, apercevant à travers les arbres ce qui devait être un cottage, elle en prit la direction et arriva à un portail où le nom Vine Cottage était inscrit sur une plaque de bois usagée.

C'était donc cela. Vu avec les yeux de Léonora, il avait l'air commun, presque méprisable, ce n'était pas le genre d'endroit où elle aurait personnellement choisi de vivre. Pourtant, le jardin ombragé devant et les petites fenêtres envahies par les roses grimpantes suggéraient un cadre idéal pour une histoire d'amour ; elle se rendit compte qu'elle tremblait et elle dut s'arrêter, la main sur le portail, pour réfléchir à ce qu'elle allait faire d'abord. Elle se présenterait, en disant qu'elle était l'amie de James qui s'était occupée de ses meubles, qu'il devait rentrer bientôt et en aurait besoin. Ensuite elle verrait comment les choses se passeraient.

Il y avait un marteau de cuivre terni en forme de dauphin à la porte d'entrée. Quel dommage que Miss Sharpe ne l'entretînt pas, pensa Léonora, quand elle le souleva pour frapper. Et on aurait sûrement pu faire quelque chose à ce jardin ? La vigne était sans doute derrière, car il n'y en avait pas trace ici. « Je suis Léonora Eyre », dit-elle pour elle-même tout en attendant ; cette déclaration lui donna du courage et un sentiment de sécurité. Au bout d'un moment, elle frappa de nouveau, mais il n'y eut pas davantage de réponse. Elle poussa la porte qui s'ouvrit. Comme les gens étaient négligents à la campagne, pensa-t-elle, remarquant que toutes les fenêtres étaient ouvertes aussi ; on ne semblait pas craindre les voleurs ou les importuns. Elle se trouva dans une petite pièce au plafond bas, sombre et fraîche après le soleil à l'extérieur, dans un état de désordre extrême.

« Y a-t-il quelqu'un ? » cria-t-elle hésitante ; il se pouvait bien que Miss Sharpe fût à l'étage ou derrière la maison. Mais il n'y eut pas de réponse. Léonora s'assit, car elle était très fatiguée. Peut-être avait-elle même espéré qu'on lui offrirait une tasse de thé, bien que les circonstances de sa visite rendissent sans doute cela improbable. De plus, l'aspect général de la pièce ne permettait pas de penser à quelque chose d'aussi conventionnel. L'essentiel de l'espace était occupé par une table ronde sur laquelle se trouvaient une machine à écrire, des piles de livres, des papiers et des lettres, un tas de linge à moitié sec, et les restes d'un repas — du pain, du fromage, du beurre, et une chope à demi pleine d'un liquide brunâtre. Au milieu de tout cela, un chat tigré dormait en rond. Le long d'un mur il y avait un sofa encombré de coussins aux couleurs vives, des disques et encore des livres. Il était difficile, impossible en fait, d'imaginer James dans un tel cadre, et Léonora commença à passer en revue les raisons qu'elle avait — à part les meubles dont il n'y avait pas trace — de supposer qu'il y avait quelque chose entre James et Phoebe Sharpe. Il était vrai que Phoebe était allée au magasin d'Humphrey et avait parlé de James comme d'un ami, mais peut-être qu'Humphrey en avait tiré des conclusions erronées. Elle décida de ne pas se prononcer tant qu'elle n'aurait pas vu la fille.

Léonora se leva et regarda autour d'elle. Une lampe faite avec une bouteille de vin attira son regard et elle sourit, se souvenant que James en avait eu une jusqu'au jour où, le taquinant gentiment, elle l'avait invité à s'en défaire. Il n'y avait pas de tableaux ou d'objets susceptibles de donner une idée des goûts de Phoebe Sharpe, sauf peut-être les livres. Léonora en ouvrit un — c'était de la poésie, mais sans lunettes elle ne put pas le lire. Il y avait une marque, une enveloppe écrite sans aucun doute de la main de James, elle n'avait certainement pas besoin de lunettes pour reconnaître sa grosse écriture envahissante. Elle eut un choc en voyant une lettre de lui adressée à quelqu'un d'autre, et elle resta à la tenir dans sa main, se demandant si elle devait l'ouvrir. Bien sûr, on ne lisait pas les lettres des autres, on n'était pas ce genre de personne, mais dans ces circonstances, et si on tenait compte de l'intimité qu'elle avait avec James, aller à l'encontre de son honnêteté, même si c'était...

On frappa doucement à la porte. Léonora remit prestement la lettre dans le livre et s'installa dans une attitude d'attente, consciente qu'il pouvait difficilement s'agir de Phoebe Sharpe frappant à sa propre porte.

« Oh... Miss Sharpe n'est pas ici ? » Une grande femme blonde à peu près de l'âge de Léonora entra dans la pièce.

Léonora se leva et les deux femmes se trouvèrent face à face.

« Je suis venue la voir aussi, mais il semble qu'il n'y ait personne ici », expliqua-t-elle. « Je suis Léonora Eyre », annonça-t-elle, faisant la déclaration qui devait lui donner confiance dans sa rencontre avec Phoebe.

« Et moi, Rose Culver », riposta la femme, la défiant presque.

Léonora releva le défi en évaluant avec froideur les vêtements de la femme — robe en coton, jambes nues et sandales de toile — était-on obligé de s'habiller ainsi à la campagne ? Cependant Miss Culver était distinguée à sa manière, même si ce n'était que la distinction d'une vieille fille anglaise typique.

« Un ami à moi a prêté des meubles à Miss Sharpe », expliqua-t-elle, « et je suis venue la voir pour les reprendre. J'aménage un appartement pour lui et il en aura besoin. »

« Vous avez fait tout ce chemin pour lui demander ça ? » demanda Miss Culver, comme si elle trouvait cela étrange, « n'aurait-il pas été préférable de lui écrire ou de téléphoner d'abord ? »

Léonora n'avait pas l'habitude qu'on mît en cause ou qu'on critiquât ce qu'elle faisait, et elle était sur le point de riposter vivement quand Miss Culver sembla se radoucir, faisant une remarque sur la chaleur de l'après-midi et invitant Léonora à prendre le thé dans son propre cottage.

« C'est très aimable... », Léonora hésitait, « croyez-vous que Miss Sharpe rentrera cet après-midi ? »

« Elle est sans doute allée à Londres pour la journée. Voulez-vous lui laisser un mot ? »

« Non, je pense que j'écrirai de chez moi. » Les choses ne s'étaient pas vraiment passées comme Léonora l'attendait et elle ne savait pas trop ce qu'elle allait faire ensuite. Léonora ne pouvait évidemment pas faire confiance à Miss Culver, mais elle avait grand besoin de thé et accepta qu'on la conduisît au cottage voisin, qu'on lui montrât où se laver les mains, qu'on lui donnât une serviette d'invité brodée, et qu'on l'installât sur une chaise longue avec parasol et repose-pied dans un délicieux petit jardin. On lui demanda même si elle préférait l'Earl Grey ou le Darjeeling.

Léonora s'adossa confortablement et ferma les yeux. La campagne était certainement très agréable par certains côtés, et Miss Culver semblait être une femme aimable. Peut-être après tout était-ce une bonne chose que Phoebe Sharpe fût sortie ; il était beaucoup plus digne de ne la connaître jamais, et après avoir vu l'état de cette pièce, Léonora avait le sentiment qu'elle ne souhaitait pas vraiment cette rencontre.

Miss Culver servit le thé et lui offrit des tranches très fines de pain de seigle beurré.

« Délicieux », murmura Léonora, « vous êtes si aimable. »

Après sa deuxième tasse de thé, elle demanda avec hésitation si Miss Culver connaissait James.

« Oh, apparemment plusieurs jeunes gens viennent voir Phoebe Sharpe », dit Miss Culver vaguement. « Je ne peux pas dire que je les connaisse par leur nom. »

Léonora trouva cela encourageant et s'aperçut qu'elle se sentait soulagée ; peut-être James n'était-il qu'une personne parmi d'autres. « C'est un très grand ami à moi », dit-elle, « nous sommes très liés. »

« Ce qui est bizarre avec les hommes, c'est qu'on ne sait jamais vraiment », dit Miss Culver, « au moment même où vous pensez qu'ils vous sont attachés, ils disparaissent soudain. »

Léonora eut un mouvement de surprise et se demanda si elle avait bien entendu. Un instant, les deux célibataires vieillissantes se regardèrent d'un air qui semblait dire : « Comment pouvez-vous donc savoir ce que c'est qu'être liée avec un homme ? » La gêne fut passagère cependant. Léonora se reprit rapidement, et décida que Miss Culver était manifestement l'une de ces femmes originales qui vivent seules et ne se rendent pas toujours compte de ce qu'elles disent.

« Quel délicieux jardin d'herbes », remarqua-t-elle. « Je n'ai jamais vu de persil aussi magnifique. »

« Oui, il vient très bien ici, semble-t-il — en voulez-vous ? »

« Merci, certainement. Je crois que je devrais peut-être aller prendre mon bus. »

« Ah, oui, il faudra que vous preniez le quatre-cent-quarante-cinq — il ne sera pas surchargé en milieu de semaine, mais moi aussi j'aime toujours avoir du temps devant moi. Je vais vous montrer où est l'arrêt. »

Vraiment, Miss Culver paraissait totalement insignifiante et normale maintenant, alors qu'elles marchaient côte à côte, Léonora portant son bouquet de persil avec une telle élégance qu'on aurait dit un accessoire exotique à sa tenue. Dans le bus, elle médita sombrement un instant sur cette remarque inattendue au sujet des hommes qui « disparaissent » précisément quand on les croit proches. Elle ne voulait pas vraiment l'admettre, mais elle se sentait quelquefois légèrement mal à l'aise quand James était hors de sa vue, et cette histoire avec Phoebe Sharpe — qu'elle ait eu de l'importance ou non — montrait que son anxiété était justifiée. Non que cette expression « les hommes » puisse s'appliquer à James, bien sûr, ou qu'on le considérât tout à fait comme les autres. Ce n'était pas comme s'il était possible *d'épouser* James, par exemple, bien qu'il fût amusant de jouer avec cette idée. « Ils vécurent paisiblement à Londres », lisait-on quelquefois, peut-être même « très paisiblement. » Ce genre de mariage n'était certainement pas sans précédent dans la vie — et dans la littérature. Elle se rappela alors le corps d'Humphrey comme une menace au-dessus d'elle un certain soir, mais naturellement ce n'était pas ce que ce cher James voulait.

De retour chez elle, elle écrivit un mot à Phoebe Sharpe au sujet des meubles, expliquant qu'ils faisaient besoin maintenant, et proposant une date à laquelle on pourrait venir les prendre, quelques lignes distantes mais polies qui auraient sans doute l'effet escompté.

XV

Trois jours plus tard, Léonora se trouvait dans un magasin d'antiquités de Kensington Church Street, à examiner une paire de vases de porcelaine.

« Ils sont absolument parfaits, madame », dit la vendeuse avec froideur. « Vous ne trouverez pas de défaut, je vous le certifie. »

« C'est possible », dit Léonora, avec une égale froideur, « mais on aime juger par soi-même. » Ils semblaient certainement parfaits le soir où elle et James étaient passés devant ce magasin et où il les avait tant admirés, mais Humphrey l'avait persuadée qu'il était important de s'en assurer. « Combien en voulez-vous ? », demanda-t-elle, sur un ton plus froid encore.

La femme, avec netteté et indifférence, énonça le prix. Léonora le répéta sur un ton interrogateur, comme si elle avait du mal à croire ce qu'on venait de lui dire.

« C'est effectivement le prix, madame. »

La température de la petite pièce tomba à zéro, bien qu'il fît chaud dehors par cet après-midi de septembre. Un silence glacial s'était installé entre les deux femmes.

« Eh bien, c'est parfait. Je les prends. » On ne marchandait pas, bien sûr, se dit Léonora, et si un léger doute persistait dans son esprit, il s'agissait moins de savoir si ces beaux objets étaient trop chers que s'il était bien sage de dépenser tout à fait autant d'argent pour le cadeau d'anniversaire de James. Enfin, ce n'était pas comme si elle-même ne les avait pas aimés ; ils étaient exquis, et comme James venait habiter dans sa maison, ils seraient à elle aussi en un sens. Elle s'assit à une petite table, exquise aussi à sa manière, plus modeste, et se mit à remplir un chèque.

La femme rôdait autour d'elle, elle souriait presque.

« Pouvons-nous vous les faire parvenir quelque part, madame ? », demanda-t-elle.

« Non, merci. » Léonora aussi souriait presque. « Un taxi m'attend dehors, si vous pouviez simplement les envelopper dans quelque chose... »

« Avec plaisir, madame. »

Léonora enfila ses longs gants lilas pendant que la femme s'affairait avec des frisons, du papier de soie et une grande boîte. Quand elle eut fini, elle alla jusqu'au taxi et remit le paquet.

« Quel magnifique paquet, merci infiniment. » Léonora rayonnait presque.

Du fond de sa mémoire, un dicton ridicule ou une devise lui revint, le genre de chose que l'on trouve, ou plutôt que l'on trouvait, gravé sur des bibelots — une phrase sur le thème « on ne vit qu'une fois et il faut donc être bon avec son prochain », ce qui était absurde en fait, car elle retournerait sans doute dans ce magasin. Pourquoi la femme l'avait-elle si inutilement appelée « madame » après chaque phrase, se demanda Léonora, alors qu'elles étaient de toute évidence du même milieu ? C'était peut-être la raison. Ai-je l'air si froid, fier et redoutable, se demanda-t-elle, alors que je ne suis rien de tout cela ?

« J'aurais pas pu attendre plus longtemps, madame », dit le chauffeur de taxi de mauvaise grâce, mais sûr d'un bon pourboire.

« Non, je sais bien », dit Léonora avec chaleur, « c'était très gentil à vous. » Elle s'installa avec un soupir de soulagement, berçant le précieux paquet dans ses bras.

Quand elle arriva chez elle, il y avait du courrier dans le vestibule. Une carte de James, de Lisbonne — la place du Cheval Noir — avec quelques mots tendres, il avait hâte de la revoir, bientôt ; et une lettre dans une enveloppe marron bon marché, couverte d'une petite écriture pointue, les timbres étaient collés de travers sur le côté. Pas le genre de lettre que l'on était habitué à recevoir, pensa Léonora, en se demandant de qui elle pouvait être.

« Chère Miss Eyre », lut-elle, « j'ai reçu votre lettre au sujet des meubles de James et il ne me convient certainement pas qu'on vienne les chercher lundi ou tout autre jour. Je n'ai aucunement l'intention de me défaire de ces affaires tant que James ne me le demandera pas. Salutations distinguées, P.-J. Sharpe. »

Il se passa plusieurs secondes avant que Léonora ne comprenne que cette signature « P.-J. Sharpe », inconnue, aux résonances masculines même, était celle de cette fille Phoebe Sharpe, mais bien sûr le message au sujet des meubles était tout à fait clair. Comme tout cela était déprimant et fatigant ! Qu'allait-elle faire maintenant que les autres meubles de James avaient été envoyés par le garde-meuble et disposés dans l'appartement du haut ? C'était vraiment contrariant, et elle oublia presque le plaisir que l'achat des vases lui avait donné. Peut-être Humphrey aurait-il une idée. Il était trois heures et demie. Léonora décida de lui demander de venir prendre le thé avec elle.

Humphrey était en train de vendre une paire de figurines du Staffordshire à une Juive exigeante de Brondesbury quand Miss Caton vint se dandiner dans son dos : il y avait un coup de téléphone urgent de Miss Eyre. Humphrey s'excusa et alla au téléphone, mais pendant les deux minutes où il s'absenta la cliente avait changé d'avis, et l'Américaine qui ne faisait que « regarder » s'était subitement souvenue qu'elle avait convenu de retrouver son mari vingt minutes plus tard au Hilton et ne pouvait pas décider sur-le-champ si elle voulait vraiment le bronze d'Actéon attaqué par les chiens.

Non qu'il fût absolument nécessaire de vendre, se dit Humphrey en montant dans sa voiture, et cette pauvre Léonora avait paru si désemparée. Toutes ces histoires à propos des quelques meubles de James, n'était-ce pas encore une tempête dans un verre d'eau, comme on dit. Il pouvait lui prêter quelques-unes des pièces les moins précieuses du magasin, si nécessaire — mais si Léonora était malheureuse, il fallait faire quelque chose.

« Mais, ma chère, c'est monstrueux — vous inquiéter, vous, des affaires de James », explosa-t-il, alors qu'ils étaient assis dans le petit patio de Léonora à boire du thé.

« Je voulais que tout soit bien arrangé pour lui quand il rentrerait », balbutia Léonora, au bord des larmes.

« Je le sais, mon amour », dit Humphrey de sa voix la plus apaisante, « et il en sera ainsi. Nous allons y aller maintenant et nous ramènerons tout ça. »

« Maintenant ? »

« Pourquoi pas ? Il n'est que quatre heures et quart — nous pouvons y être à six heures. »

« Mais, c'est si rapide — je ne sais pas si je serai capable d'affronter cela en fin de journée. »

« Vous n'aurez rien à faire — vous pourrez rester dans la voiture à attendre, moi j'irai les chercher. »

« Très bien, alors, je vais me préparer. » Léonora alla dans sa chambre et mit un manteau de tweed mauve ; un foulard de soie noire élégamment noué et des lunettes fumées complétaient sa tenue. A la dernière minute, elle glissa un flacon de sels dans son sac — on ne savait jamais, il pouvait se passer quelque chose de désagréable.

Pendant ce temps, Humphrey dégageait l'arrière du break : il enleva un cadre cassé et une tête de marbre, quelques vieux numéros du *Times* et un parapluie, le genre de désordre qui pouvait renseigner sur son métier. Plus tôt cette affaire serait réglée, mieux ce serait, pensa-t-il. Il fallait prendre les meubles à cette fille, les mettre dans la maison de Léonora, et puis laisser les choses suivre leur cours. Il avait été quelque peu consterné que Léonora eût décidé subitement, inconsidérément selon lui, de faire venir les meubles de James chez elle. Et était-il vraiment raisonnable d'aller tout de suite reprendre les choses que James avait prêtées à sa maîtresse — car c'était ainsi qu'Humphrey considérait Phoebe maintenant — sans l'avertir comme il se devait ? Pourtant, au fond de son esprit, il y avait un peu l'espoir, et il savait que c'était indigne de lui, que cette fois-ci peut-être Léonora était allée trop loin. Et si James se révoltait et la quittait, que ferait-elle alors ? Que pouvait-elle faire, sinon abandonner le neveu pour l'oncle tellement plus fait pour elle ?

Il y avait quelque chose dans l'atmosphère de Vine Cottage, semblait-il, qui faisait qu'on éprouvait le besoin d'affirmer son identité de sorte qu'il n'y ait pas d'erreur possible. Tout comme Léonora et Miss Culver s'étaient présentées, Humphrey, bien qu'il l'eût déjà rencontrée au magasin, se tenait à présent devant Phoebe et lui annonçait : « Je suis l'oncle de James. »

« Oh... » Son expression de surprise montrait qu'elle craignait de mauvaises nouvelles. Quelque chose était arrivé à James — il était mort, tué dans un accident de voiture ou d'avion. Elle attendait avec appréhension.

« Je me demandais si je pourrais prendre ces quelques petits meubles qu'il vous a prêtés. »

James n'était donc pas mort ; elle ne pouvait même pas sauver sa fierté maintenant.

« Oh, prenez-les », dit-elle avec brusquerie. « C'est Miss Eyre qui vous a envoyé ici ? »

« J'ai proposé de venir les chercher », dit Humphrey avec moins de chaleur. « Je suis l'oncle de James », répéta-t-il, comme si c'était une formule magique, « si vous voulez bien me montrer... »

« Il y a cette chaise, et une petite table à l'étage. »

Il la suivit dans les escaliers, embarrassé d'entrer dans ce qui était manifestement sa chambre. Dans un geste de colère, Phoebe balaya une pile de livres de la table. « Voici la table », dit-elle, « et il y a une ou deux autres choses... » Humphrey prit la table. Elle n'était pas lourde, mais malcommode à descendre dans l'escalier étroit. Phoebe n'essaya pas de l'aider, mais resta sur le pas de la porte, à regarder la femme qui était dans la voiture. Elle sut immédiatement que c'était Léonora Eyre — cette silhouette froide et élégante en mauve, les cheveux enveloppés de mousseline noire. Ses yeux étaient cachés par des lunettes noires, mais on distinguait une joue pâle et une bouche bien dessinée. Ce n'était certainement pas la femme maternelle aux cheveux gris et à l'air rassurant qu'elle avait imaginée au début préparant le déménagement de James, ni même la « tante » à laquelle elle s'attendait après la description de Miss Caton. La vue de Léonora — on pouvait difficilement parler de rencontre — ouvrit pour Phoebe une nouvelle dimension dans la vie de James. Un attachement romantique pour une femme plus âgée ; cela expliquait beaucoup de choses. Dans son mépris, elle fit de Léonora l'archétype de la mère ; elle remplaçait celle qu'il avait perdue — ce que la jeune femme de la photo aurait pu devenir si elle avait vécu. Elle se surprit à se demander si James et Léonora faisaient jamais l'amour ensemble, mais l'idée était trop désagréable pour s'y attarder. Nul doute que cette joue de marbre se penchât pour recevoir un baiser, et peut-être était-ce assez pour James.

La voiture démarra. Humphrey essaya un geste apaisant en direction de Phoebe — il était désolé pour elle — mais Léonora resta immobile, le visage tourné. Bien sûr, elle avait subrepticement regardé Phoebe — aucune femme n'aurait résisté à cela — mais dans ce moment de triomphe, elle préférait ne pas regarder la fille qu'elle considérait maintenant comme sa rivale vaincue.

XVI

« Mais, Jimmie, est-ce bien sage ? » L'anxiété semblait intensifier le caractère vrombissant de la voix de Ned, et comme celle-ci s'ajoutait au bruit de l'avion, James avait vraiment l'impression qu'un insecte lui bourdonnait aux oreilles.

« La question n'est pas de savoir si c'est sage », dit-il avec quelque humeur. La sagesse en un sens était la dernière des qualités que l'on pouvait associer à la personne de Ned, de toute manière. « Il se trouve simplement que c'est un arrangement commode jusqu'à ce que je me trouve un nouvel appartement. Après tout, il faut bien que j'habite quelque part. »

« Mais avec Léonora, et dans la même maison... Jimmie, il faudra que tu sois ferme avec elle et que tu ne la laisses pas te gouverner. Crois-moi, il pourrait être très difficile de partir. Avec ta douceur naturelle, il se pourrait bien que tu te sentes des obligations envers elle, et alors comment feras-tu ? »

James ne répondit pas mais tourna la tête pour regarder par le hublot. Ils volaient dans un édredon de nuages gris et pénétraient dans une journée d'automne mouillée très anglaise.

Les amis que Ned avait à Oxford l'attendaient avec leur voiture à l'aéroport de Londres, et James fit donc le trajet pluvieux et froid en bus jusqu'à Cromwell Road seul avec ses pensées. Il avait acheté une cartouche de cigarettes détaxées pour Phoebe dans l'avion et avait l'intention de les lui donner à la première occasion. Il se rendait compte que ce n'était pas un cadeau très personnel — peut-être aurait-il dû lui ramener une paire de boucles d'oreilles en filigrane ou bien un carreau de céramique portugaise — mais il était trop tard pour s'en inquiéter maintenant. Le parcours sans soleil dans la campagne souillée fit peser sur lui une profonde mélancolie, comme cela arrive fatalement au retour d'un voyage, même quand on a une vie moins compliquée que celle de James ne l'était alors devenue. Ned, Léonora, Phoebe... les noms lui vinrent dans cet ordre — comment allait-il tous les concilier ? Le voulait-il, même ? Il avait déjà plus ou moins abandonné Phoebe, et s'il ne reprenait pas contact avec elle pour lui donner les cigarettes, elle pouvait tout simplement disparaître, comme d'autres filles avant elle. Mais pouvait-il se passer de Léonora ?

En descendant du bus, il vit que Léonora était venue l'attendre. Elle portait un imperméable iridescent comme l'aile de quelque magnifique coléoptère. Aperçu un instant à son insu, son visage lui parut inquiet, vieux presque, et il ressentit pour elle un douloureux élan d'amour et de pitié.

« James ! » Elle l'avait vu et était radieuse. Il était flatteur et troublant de penser que sa vue pouvait produire un tel changement. « Une voiture attend dehors, nous pouvons donc aller directement à la maison. »

Pas même un taxi ordinaire, mais une voiture louée spécialement pour venir le chercher.

La maison, pensa-t-il, se représentant son vieil appartement avec toutes ses affaires autour de lui. Mais sa maison c'était maintenant l'appartement du dernier étage chez Léonora, là où Miss Foxe avait habité, et où il n'était jamais entré. Nul doute que ce n'était pas « sage », mais qu'aurait-il pu faire pour l'empêcher ? Et de toute manière, comme il l'avait dit à Ned, cette solution n'était pas définitive.

« Vous verrez qu'il a besoin d'être refait », l'avertit Léonora alors qu'ils montaient, « mais bien sûr, je l'ai laissé pour que vous choisissiez ce que vous voulez. »

« C'est adorable », dit James faiblement.

C'était sans aucun doute mieux que ce qu'il avait imaginé, et Léonora avait fait une de ses magnifiques compositions de fleurs avec des asters et des chrysanthèmes dans le salon.

« Oh, c'est si merveilleux de vous avoir de nouveau ! » Léonora s'avança vers lui avec élan et l'entoura de ses bras. James l'étreignit en retour, et pendant un instant ils restèrent étroitement enlacés dans le plaisir partagé d'être à nouveau ensemble. Puis l'attention de James s'égara, et il se rendit compte qu'il regardait vers la fenêtre, avec sa perspective d'arbres et de sommets de toits.

« Mais, elle a des barreaux », dit-il.

« Oui, mon chéri — ça a dû être une chambre d'enfants, je suppose. Je ne les avais jamais remarqués, et pourtant Dieu sait si les barreaux n'étaient pas inutiles avec cette pauvre

Miss Foxe ici — on ne savait jamais ce qu'elle était capable de faire. Je peux les faire enlever si vous vous sentez emprisonné », dit-elle taquine.

James eut un rire un peu forcé.

« Vous serez absolument indépendant, vous savez », continua Léonora. « Quelqu'un vient installer le téléphone demain, donc nous ne pourrons même pas écouter nos conversations respectives. »

« Je suppose qu'il va falloir que vous me donniez un contrat de location », dit James, plaisantant à moitié.

« Oh, un prélèvement automatique à la banque ou quelque chose comme ça, je pense — non ? Ce serait si gênant. On a des scrupules à vous prendre votre argent dans ces circonstances. J'ai demandé à Humphrey à combien devait s'élever le loyer à son avis. Bien sûr, le loyer de Miss Foxe n'était pas libre. »

« Alors que moi, je le suis ? »

« Absolument, mon chéri ! »

Ils allèrent dans la chambre.

« Encore des fleurs », dit James, « vous avez magnifiquement fait les choses, vraiment. »

« Oui, j'ai pensé qu'un vase discret de roses tardives près du lit, simplement... »

Y avait-il un léger accent d'ironie dans le ton de Léonora ? James médita avec gêne sur la signification possible des roses, car il n'avait pas la franchise de Phoebe. Puis il vit la table de chevet.

« Mais c'est la petite table que j'ai prêtée », s'exclama-t-il. « Du moins, je pensais l'avoir prêtée. »

« C'est le cas — mais elle est revenue », dit Léonora sur un ton froid et amusé.

« Oh, mais je ne voulais pas dire... »
Qu'avait-il voulu dire ?

« Je me suis dit qu'il fallait que vous l'ayez, alors Humphrey et moi sommes allés la chercher. »

James inclina la tête, atterré de ce pardon muet. Il ne put se résoudre à demander si Phoebe et elle s'étaient rencontrées, et son imagination recula devant cette idée.

« J'ai pensé que peut-être un repas froid, mais j'ai fait une de mes soupes », disait Léonora, « juste pour votre première soirée ici. Ensuite, Humphrey veut que nous venions prendre le café. Mais d'abord laissez-moi vous montrer votre petite cuisine à vous, où vous préparerez tous ces délicieux repas Robert Carrier. »

Le jour suivant, James était de retour au magasin. Tout semblait être d'une familiarité rassurante, déprimante pourtant. Les salles des ventes n'avaient pas encore réouvert après le temps mort de l'été, et la seule chose excitante était l'attente des clients éventuels parmi les gens qui passaient devant le magasin et s'attardaient à la vitrine.

James était descendu sans bruit de son appartement ce matin-là pour ne pas déranger Léonora ; au demeurant, elle ne s'était pas manifestée. La pensée mesquine que peut-être elle n'était pas à son mieux tôt le matin lui traversa l'esprit. Seules les jeunes filles pouvaient être à leur avantage en robe de chambre, les cheveux ébouriffés et les yeux encore pleins de sommeil. Pourtant Phoebe avait toujours semblé la même, mises à part les fois où elle venait à Londres et faisait des efforts assez pathétiques pour avoir l'air convenablement vêtue.

« Il y a un paquet pour vous », dit Miss Caton gaiement. Elle avait pris ses vacances tard dans l'été et sa peau rugueuse n'avait pas encore perdu son ton rouge brique peu flatteur. Quand elle apporta le nescafé du matin, toujours dans les épaisses tasses blanches honteuses, elle brûlait manifestement de tout raconter à James.

Mais il était préoccupé et inattentif ; il se souvenait que le lendemain était son anniversaire, et il soupçonnait que le paquet était de Phoebe.

C'était un livre — une anthologie de poésie moderne — alors de qui d'autre pouvait-il venir ? Il n'y avait ni carte ni message qui indiquât l'expéditeur. James n'osait pas l'ouvrir, craignant de tomber sur quelque chose qui l'affecterait.

« C'est un livre ? » demanda Miss Caton. « Oh, de la poésie », ajouta-t-elle d'une voix morne. « Mr Boyce a dit qu'il ne viendrait pas aujourd'hui. Il ne se passe rien dans les salles des ventes, bien sûr. Il y a une Américaine qui s'intéresse à ce bronze — il se pourrait qu'elle revienne. Mr Boyce a dit que vous pourriez vous en occuper. Il semble qu'elle n'arrive pas à se décider. »

« Racontez-moi vos vacances, Miss Caton », dit James, qui se sentait peu disposé à travailler. « Vous dites que vous avez fait un voyage en car ? Ça a dû être intéressant. Où êtes-vous allée ? »

Miss Caton respira profondément et commença à raconter. James n'écoutait qu'à moitié, faisant une remarque appropriée à l'occasion, mais il y eut bientôt quelque chose de presque savoureux dans son récit détaillé du voyage en avion à Paris, de la traversée de la France et de la Suisse en car, et de l'arrivée au lac Majeur. Les crises de foie de son amie et son aversion pour le catholicisme du continent parurent vivantes à James, si bien qu'il se surprit à partager leur soulagement à retrouver enfin une bonne nourriture simple et l'Eglise anglicane.

Quand le soir approcha, James commença à s'imaginer revenant à l'appartement de la maison de Léonora et se préparant un repas dans la petite cuisine. Le lendemain étant son anniversaire, il dînerait avec elle bien sûr, mais qu'allait-il manger maintenant ? Allait-il acheter quelque chose et l'apporter à la maison — faire griller un steak et réchauffer une pizza surgelée ? Il serait évidemment difficile de faire un curry ou de faire frire des oignons ou du poisson, car il était impensable qu'on laissât de telles odeurs flotter dans l'élégant escalier de Léonora. En fin de compte, le plus simple semblait être de sortir dîner et d'aller voir un film, puis de rentrer tout doucement à onze heures de façon à ne pas déranger Léonora si elle était déjà couchée. Devait-il peut-être frapper à la porte du salon pour dire bonsoir ? Il serait agréable de boire une tasse de thé de Chine en sa compagnie. Mais au moment où il s'approchait de la porte, il entendit des rires et la voix de l'amie de Léonora, Liz, spirituelle et cruelle, qui disait : « Mais, ma chérie, on n'a pas vraiment envie d'être la mère de quelqu'un comme ça. »

De quoi et de qui pouvaient-elles bien parler ? se demanda James. Pas de lui, bien sûr ? Il se sentit exclu de leur intimité féminine et un peu contrarié que Léonora gardât tant de choses pour elle.

Le soir suivant, bien sûr, les choses furent différentes. Tandis que Léonora s'affairait dans la cuisine, James était installé à la table blanche en fer forgé du petit patio, essayant d'écrire une lettre à Phoebe. Il devait la remercier pour le livre anonyme, proposer une rencontre, faire quelque chose pour soulager sa conscience. Et puis, il y avait cette cartouche de cigarettes qu'il lui avait ramenée. Il était assis à regarder paresseusement les fleurs qui continuaient certainement à fleurir plus longtemps pour Léonora que pour toute autre personne — des bégonias, des dahlias et une deuxième floraison de roses. Il se demandait si les raisins de Vine Cottage avaient déjà commencé à mûrir ou s'ils faisaient partie de cette espèce qui n'y parvenait jamais.

Il y eut un mouvement derrière lui ; Léonora se tenait à ses côtés son verre à la main. Elle portait une robe noire d'une sorte de tissu plissé, de la soie, pensa-t-il ; elle venait de se faire coiffer et ses cheveux tombaient sur ses joues en courbes harmonieuses, dans un style plutôt trop jeune pour elle, mais tout de même seyant dans la lumière faiblissante.

« Il fait presque trop sombre », dit-elle, « je vous ai apporté une boisson avec du gin. »

James avait machinalement posé son bras sur la feuille de papier, où rien n'était encore écrit à part la date et le début : « Ma très chère Phoebe. »

« Une lettre difficile ? », demanda Léonora de sa voix la plus amicale.

Il soupira. « Impossible, en fait. »

« Oui, il semble qu'il y ait des lettres comme ça, n'est-ce pas ? Et quel dommage que vous deviez écrire des lettres le jour de votre anniversaire — demain suffira sûrement ? »

James murmura quelque chose.

« Peut-être que celle-ci n'est pas vraiment nécessaire », continua Léonora. « Le silence est quelquefois préférable, vous savez. »

« Oui, je suppose. » Il allait l'abandonner pour l'instant, de toute manière. Si Phoebe l'aimait elle comprendrait, et si elle ne l'aimait pas, quelle importance ? Il froissa la page et la mit dans sa poche. Il valait mieux, peut-être, ne pas la laisser traîner.

« Sommes-nous prêts à entamer les festivités d'anniversaire, alors ? »

« Oui, allons-y. » James se leva, et ils entrèrent ensemble dans la maison.

« Voici votre cadeau — j'espère qu'il vous plaira. »

L'effervescence de Léonora le gagna alors qu'il défaisait le paquet. Et puis ils furent là, ces objets exquis qu'il avait admirés dans la vitrine le soir où ils étaient passés devant avec Phoebe, et bien sûr quelque temps auparavant avec Léonora.

« Vous êtes vraiment trop bonne pour moi. Je ne sais tout simplement pas comment vous remercier », dit-il après un silence.

« Donnez-moi seulement un baiser respectueux », dit Léonora avec légèreté.

Il se pencha pour embrasser sa joue, ses mains touchaient les cheveux durcis par la laque, et ce contact lui fit éprouver un léger choc, comme si elle était faite d'une matière irréelle et cassante. « Ma chérie », dit-il, « ils sont si beaux. Est-ce qu'Humphrey est allé avec vous les acheter ? »

« Non — je voulais que ce soit notre secret », dit-elle. « Vous savez comment les choses se passent avec ce cher Humphrey. On ne voudrait pas être déloyal, bien sûr, mais avec son obsession de faire baisser le prix de tout — étant lui-même commerçant, je suppose — on trouve cela parfois un peu gênant. »

Et il connaissait sans doute le propriétaire du magasin de toute façon, se dit James. Il était presque effrayant de penser que Léonora était prête à mettre autant d'argent dans son cadeau d'anniversaire. Car maintenant qu'il revoyait les vases, il avait le sentiment qu'après tout il ne les aimait peut-être pas autant qu'il se le rappelait. Il y avait quelque chose de maladif dans leur couleur et de trop élaboré dans leur dessin. En les regardant, il eut l'impression d'être quelqu'un — un enfant, bien sûr — qui a mangé trop de gâteaux à la crème ou ce qui serait l'équivalent de nos jours. Attristé, il s'assit à la table et s'apprêta à faire honneur à son délicieux dîner d'anniversaire.

XVII

« Salut, Jimmie — devine qui c'est ! »

« Ned, bien sûr », dit James d'une voix plutôt étouffée, car son oncle était dans le magasin et le coup de téléphone avait interrompu un sermon qu'Humphrey faisait à son neveu sur l'intérêt qu'il y aurait à se mettre à une étude sérieuse d'un aspect particulier du commerce des antiquités.

« Je sais que l'on apprend beaucoup en faisant le tour des salles des ventes », dit-il, « mais tu devrais essayer de te spécialiser dans quelque chose — les bronzes, les porcelaines, ou même les meubles — pas les netsukés, je crois », ajouta-t-il, se souvenant peut-être de sa visite chez Mr Lambe, le dentiste.

James allait juste dire « les porcelaines », à cause du cadeau d'anniversaire de Léonora, quand le téléphone avait sonné.

« Va voir qui c'est », dit Humphrey avec humeur. « Si c'est Mrs Hirschberg au sujet de ce bronze, je viens lui parler. »

« Tu es occupé ? », demanda Ned.

« Oui, plus ou moins », dit James prudemment.

« Bon, je serai bref, alors. Je vais au British

Museum pour quelques jours, alors je viendrai te voir pendant le week-end. »

« Oh, mais... » James était troublé, à la fois par la présence de son oncle et à l'idée que Ned lui rendrait visite dans la maison de Léonora.

« Tu t'en vas ? »

« C'est possible — est-ce que je peux te rappeler ? »

« Nous n'avons pas le temps, et je ne sais pas vraiment où je serai — je passerai à tout hasard. Si tu es là, je te verrai — sinon, non. Ça a l'air merveilleusement simple, n'est-ce pas, Jimmie ? »

« Oui, simple. Il faut que je me sauve maintenant. » Mais y avait-il chez Ned quelque chose qui fût « simple » ?

« Qui était-ce, ton amie ? » demanda Humphrey sans grand intérêt. « J'espère que tu as arrangé les choses avec elle au sujet des meubles. Ça ne m'a pas tellement plu de les lui reprendre aussi cavalièrement, mais Léonora était contrariée et semblait penser que tu les voudrais, et tu sais comment elle est — les femmes font tant d'histoires », ajouta-t-il, mais sans manquer de loyauté, puisque sa déclaration était d'ordre général.

« Oui, c'est vrai », acquiesça James. Malgré tout, Léonora se montrait merveilleuse en ce moment, et il s'était très confortablement installé dans l'appartement. Il avait craint qu'elle ne passât son temps à entrer et sortir pour savoir ce qu'il faisait, mais elle ne l'importunait pas du tout. Parfois, en rentrant le soir, il remarquait que des fleurs fraîches étaient apparues dans le salon, et bien sûr elle veillait toujours à ce que son lait fût mis au frigo et que ses poubelles fussent vidées, toutes ces choses pratiques qui contribuent à ce que la vie se déroule sans heurt, mais auxquelles on n'aime pas devoir penser.

Ce soir, c'était elle qui dînait chez lui, et James se hâta de rentrer, sans oublier de passer chez Harrods sur le chemin pour prendre les sorbets au citron préférés de Léonora. Il passa un moment à arranger les fleurs, pas tout à fait aussi artistiquement qu'elle l'aurait fait, sans doute. Puis il dut « s'arranger » lui aussi, et il était à peine prêt quand elle frappa à sa porte.

« Pas trop en avance, j'espère ? », dit-elle.

« Comme si vous pouviez jamais l'être. »

Si le compliment était un peu trop facile, Léonora ne montra pas qu'elle l'eût remarqué. « Je voulais avoir juste les quelques minutes de retard que veut l'élégance », avoua-t-elle.

« Je suis content que vous ne l'ayez pas fait — j'avais hâte de vous voir », dit-il, et c'était vrai en fait. Il était bien plus à l'aise avec elle qu'avec Phoebe ou même Ned.

Léonora eut le sentiment délicieux que c'était presque comme s'ils se voyaient pour la première fois, ou comme aux premiers jours de leur rencontre. Cette malheureuse histoire au sujet de Phoebe Sharpe et des meubles semblait une sorte de cauchemar, si le mot n'était pas trop fort. Quand la soirée serait un peu avancée, elle avait l'intention de dire juste quelques mots sur Phoebe, pour ne rien laisser dans l'ombre en quelque sorte. La situation n'était pas entièrement satisfaisante — cet épisode avait besoin de quelques retouches, c'était tout, pour être en ordre avant d'être mis de côté pour toujours.

« Du sorbet au citron — quelle riche idée, James ! »

« J'étais terrifié à l'idée de le voir fondre avant d'arriver à la maison. »

Elle fut touchée de l'imaginer en train de se donner tant de mal, quand elle aurait évidemment pu téléphoner chez Harrods pour le faire livrer. Pourtant, cela n'aurait pas du tout été la même chose.

« Voulez-vous que nous tirions les rideaux pour le café ? », demanda-t-il. « Ou voulez-vous être assise “ *in the gloaming* ” [1] avec une lampe dans le coin simplement ? »

« Oh, “ *in the gloaming* ”, je crois. Quel joli mot c'est — vous croyez qu'il est anglo-saxon ou quoi ? »

« Je ne sais pas, chérie. »

« Votre savante amie le saurait sans doute — ne m'avez-vous pas dit qu'elle avait une licence d'anglais ou un diplôme tout aussi impressionnant ? »

« Vous voulez dire Phoebe Sharpe ? », dit James, les sourcils froncés au-dessus de la machine à café. Il était déconcerté que Léonora voulût jeter une ombre sur ce qui était une soirée si parfaite.

« Oui, Phoebe Sharpe. »

« Eh bien ? », demanda James mal à l'aise.

« Oh, rien du tout — il se trouve que j'ai pensé à elle en réfléchissant à l'origine de “ *gloaming* ”. »

James servit le café.

« Chéri, je ne veux pas insister, mais j'espère

1. Expression peu usitée qui signifie « au crépuscule ».

que vous n'avez pas été trop cruel avec cette pauvre Miss Sharpe. »

« Bien sûr que non », dit James indigné. « Miss Sharpe » ne ressemblait pas du tout à Phoebe de toute manière.

« Ne m'en veuillez pas — mais elle avait plutôt l'air du genre de fille pour qui il ne doit pas être très facile d'attirer un homme. »

« Elle n'est pas élégante ni fascinante, c'est certain. Simplement... Oh, pourquoi faut-il parler d'elle ? Je ne la reverrai pas. »

« Vous ne la reverrez pas », répéta Léonora lentement, posant moins une question qu'énonçant un fait.

« Non. J'ai eu une lettre d'elle où elle me remerciait pour les cigarettes, elle disait qu'elle quittait le cottage et allait à Majorque passer l'hiver avec l'argent qu'elle avait gagné. Elle voulait écrire un roman ou quelque chose comme ça. »

Léonora sourit dans la semi-obscurité. C'était une nouvelle très satisfaisante. « On n'aime pas voir les gens souffrir », dit-elle avec douceur.

« Oh, Phoebe ira très bien — ne parlons plus d'elle, je vous en prie. »

« Nous n'en parlerons plus, alors. Je voulais simplement que vous sachiez que je comprends tout, vraiment. Et il ne faut pas que vous pensiez que je serais un obstacle si un jour, n'importe quand... Une fille belle et cultivée, vingt-deux ou vingt-trois ans », disait Léonora pensivement. « Chéri, je vous jetterais littéralement dans les bras l'un de l'autre. Intéressée par l'art et les antiquités, bien sûr... » Elle s'arrêta là, car il lui était soudain venu à l'esprit qu'une telle fille pouvait bien travailler chez Christie ou chez Sotheby à l'heure qu'il était.

« Voulez-vous de la crème de menthe avec votre café ? », demanda James, impatient de changer de sujet.

« Crème de menthe », répéta Léonora avec une insistance exagérée, « curieuse idée. »

« Je croyais que c'était votre liqueur préférée. »

« Chéri, ça l'était, et ça l'est encore. Je pensais seulement à la dernière fois que j'en ai bu. »

« Quand était-ce ? » demanda James soupçonneux.

« Un soir où Humphrey est passé, la pluie tombait par le plafond de Miss Foxe — votre plafond, maintenant — comme ça semble loin tout ça. » Comme Humphrey avait paru menaçant au-dessus d'elle. Menace « *in the gloaming* », elle ne pouvait pas vraiment partager son amusement avec James.

« Eh bien, rien de ce genre ne se passera ce soir », dit James.

« Non ? Bien sûr que non. » De nouveau Léonora sourit dans l'obscurité. Aurait-elle eu des réticences s'il s'était agi de James ? se demanda-t-elle, et ce n'était pas la première fois. « Venez vous asseoir près de moi », dit-elle.

« Je vais m'asseoir ici par terre », dit James en prenant un coussin.

« Alors je caresserai vos cheveux. Comme ils sont bouclés ! Comme des fils d'or, c'est bien ce que disent les poètes élisabéthains ? » Pas de littérature anglaise, s'il vous plaît, se dit James ; car s'étant défait de Phoebe, il ne voulait pas maintenant qu'on lui rappelât Ned.

XVIII

Le jour suivant était samedi, mais la visite promise de Ned n'eut pas lieu. Il n'allait pas prendre la peine de faire tout ce chemin, décida James, et certainement pas sans téléphoner d'abord. Le téléphone sonna bien une fois, mais c'était un faux numéro. Le soir venu, James essaya de s'installer avec un livre, mais il ne put fixer son attention ; il avait une sensation de picotement au fond de la gorge et il commença à se demander s'il n'avait pas attrapé froid.

Le dimanche matin, il fut réveillé par les cloches de l'église qui sonnaient l'office de huit heures. C'était l'église où allait Miss Foxe, lui avait dit Léonora. Il voyait la flèche de son lit. Il se retourna et dormit d'un sommeil profond, traversé de rêves intenses de lui et Ned au Portugal, jusqu'à neuf heures et demie. Il comprit alors qu'il avait vraiment pris froid et resta couché à s'apitoyer sur lui-même et à espérer que quelqu'un lui apporterait une tasse de thé. Mais Léonora ne le dérangerait pas, il le savait. Et s'il voulait du thé, il fallait qu'il se levât et le fît lui-même. Il resta couché encore un moment, examinant la pièce, admirant la façon dont Léonora avait disposé ses meubles et ses objets, mieux qu'il ne l'aurait fait lui-même. La seule chose qui manquait était le miroir en bois fruitier. L'avait-il prêté à Phoebe et l'avait-elle gardé ? Il y réfléchit, mais ne put s'en souvenir, et dans l'état de faiblesse où il était, il semblait que cela n'eût pas d'importance. Quand il s'assit, sa tête se mit à tourner et il fut pris de vertiges ; peut-être était-ce quelque chose de plus sévère qu'un rhume. Il était sûr d'avoir de la fièvre.

Léonora, qui préparait son déjeuner du dimanche, remarqua le silence au-dessus d'elle comme elle remarquait tout bruit, ou absence de bruit, venant de l'appartement. James faisait à coup sûr une bonne grasse matinée, pensa-t-elle avec indulgence. Il était encore assez jeune pour pouvoir dormir tard le matin, ce qu'elle ne pouvait jamais faire maintenant. Quel plaisir c'eût été de lui monter son petit déjeuner — elle imagina le plateau composé avec art — et de parler des journaux du dimanche. Mais elle ne devait pas l'importuner, sinon il risquerait de s'envoler. Tout ce qu'elle avait fait était de monter très doucement vers huit heures et demie pour poser les journaux devant sa porte. Peut-être viendrait-il la voir plus tard dans la journée, prendre un verre ou partager un petit dîner. En attendant — après tout, on avait ses habitudes le dimanche, ce qui, pour Léonora, supposait un petit somme dans l'après-midi avec des journaux ou un livre. On en avait vraiment besoin à son âge, si l'on voulait paraître reposé le soir.

Peu après quatre heures, elle se réveilla et brancha la bouilloire pour faire du thé. Il n'y avait toujours pas de bruit venant de l'appartement de James ; peut-être s'était-il doucement glissé hors de la maison pendant qu'elle somnolait. Comme c'était étrange, pensa-t-elle, cette façon qu'ils avaient de se mouvoir discrètement, en prenant soin de ne pas être importun ou de déranger l'autre. Là était sûrement le secret de leur parfaite entente ?

Elle buvait son thé lorsque la sonnette d'entrée retentit. Humphrey, peut-être, ou son amie Liz ? Peu importait la personne, elle sortit son poudrier et se remit du rouge à lèvres avant d'aller ouvrir.

Un inconnu se tenait sur le pas de la porte, un jeune homme blond — peut-être pas si jeune que cela, décida-t-elle quand elle l'eut mieux regardé, mais plus jeune qu'elle, et sans aucun doute attirant et bien fait de sa personne.

« Vous êtes sans doute Miss Eyre », dit-il, « Léonora — c'est ainsi que je pense toujours à vous, pardonnez-moi — ça ne vous gêne pas, n'est-ce pas ? Jimmie m'a tellement parlé de vous. »

Léonora fut instantanément sur ses gardes, elle n'aurait pas pu dire exactement pourquoi — peut-être d'entendre James appelé « Jimmie », mais l'allure et l'air de ce jeune homme lui disaient qu'il était assez vraisemblable que cet ami de James n'était pas tout à fait comme Jeremy ou Simon, ses anciens camarades de classe.

« Je suis désolée, il n'est pas là », s'entendit-elle dire, et ce n'était pas exactement un mensonge, car maintenant qu'elle y pensait, elle était certaine qu'elle l'avait réellement entendu sortir pendant qu'elle se reposait.

« Oh, c'est dommage — je suppose que

j'aurais dû lui téléphoner d'abord par précaution. Je lui avais dit, en fait, que je serais à Londres ce week-end. Tant pis. » Ned fit mine de partir. « Peut-être pourriez-vous seulement lui dire que c'était Ned. »

« Ah, alors vous êtes certainement l'Américain que James a rencontré pendant son voyage. »

« Lui-même. »

« Ne voulez-vous pas entrer prendre une tasse de thé ? », demanda Léonora. Elle avait le sentiment qu'il ne fallait pas laisser Ned s'échapper, et qu'elle devait saisir cette occasion — peut-être la seule qu'elle aurait jamais — d'en savoir plus sur lui.

« Merci — ce serait agréable. » Ned pénétra dans le vestibule, son regard se dirigea vers son image dans le miroir en bois fruitier et s'y attarda un instant.

Leur rivalité se manifesta par une grande froideur et une extrême politesse, presque comme ce sentiment qu'il y avait eu entre elle et la femme dans le magasin où elle avait acheté le cadeau d'anniversaire de James, mais ici il ne pouvait y avoir d'heureux compromis. Ce devait être une confrontation au grand jour et devant une tasse de thé, comprit Léonora, et aussi calmement que possible, elle alla chercher une tasse et une soucoupe supplémentaires et servit le thé. Le mot qui s'était présenté à elle — « confrontation » — n'était pas celui qu'elle aurait employé normalement, mais il semblait étrangement approprié alors qu'elle écoutait la tranquille voix américaine, polie et charmante, dire des banalités le plus agréablement du monde.

« Ma mère adorerait cette pièce », dit-il en

regardant autour de lui. « Elle est tout simplement folle de tout ce qui est anglais. Quelles belles porcelaines vous avez — et c'est du Earl Grey, ce thé, n'est-ce pas ? »

Il était rassurant de parler de mères et de thé, mais le sentiment de malaise de Léonora persistait. Elle savait instinctivement que Ned constituait un danger bien davantage que Phoebe n'aurait jamais pu le faire. C'était quelque chose qu'elle avait toujours craint dans ses relations avec James, et il semblait « injuste » qu'elle dût y faire face un dimanche après-midi, quand peu de femmes au soir de leur jeunesse se sentent au mieux de leur forme.

Et maintenant Ned la regardait d'une façon des plus curieuses. Son regard se promena sur son visage, puis sur son corps et ses jambes ; même ses pieds n'échappèrent pas à son examen. Cela lui rappela la manière dont un certain type d'homme, particulièrement les étrangers peut-être, vous « déshabillent du regard », comme on dit, sauf que la sexualité ou le désir étaient totalement absents du regard de Ned. Mais au bout d'un moment, Léonora comprit ce qu'il faisait — il calculait tout simplement le prix de ses habits et de tout ce qui touchait à sa personne, y compris sa coiffure, ses bijoux, son maquillage, et même ses chaussures.

Il dut se rendre compte qu'elle le sentait car il sourit et, se penchant en avant, il toucha du bout du doigt la manche de son chemisier.

« De la soie sauvage ? », demanda-t-il, la douce note interrogative donnant à ses paroles une résonance sinistre.

« Oui, c'est exact », dit Léonora en s'écartant de lui.

« Jimmie m'a toujours dit que vous aviez de beaux vêtements et je vois qu'il avait raison. »

Ces paroles étaient flatteuses et Léonora aimait les compliments ; mais quelque charmant qu'il pût paraître, ce jeune homme voulait lui enlever James, et elle n'allait pas le laisser faire.

« Comme ça s'est bien trouvé que vous ayez eu cet appartement à laisser à James », continua Ned aimablement. « Ce sera si pratique pour lui. Il m'a beaucoup parlé de votre charmante maison. »

Léonora n'aimait pas imaginer les deux jeunes gens discutant d'elle, comme elle pensait qu'ils l'avaient sans doute fait. Elle ne saurait jamais si James avait été loyal envers elle.

« Vous êtes venu faire de la recherche au British Museum, je crois ? », demanda-t-elle.

« Oh, cette sacrée thèse ! » Pendant un instant, Ned joua avec grâce à « l'enfant terrible »[1]. « Je me demande si je la finirai un jour. »

« Quel en est le sujet? »

« Une étude de certains poèmes mineurs de Keats. »

« Ah, Keats », dit Léonora, se sentant en terrain plus sûr. Mais Keats n'était pas un de ses poètes préférés, et pour l'instant elle ne se rappelait aucun de ses poèmes mineurs.

Ned avait pris sur la cheminée une colombe d'albâtre, cadeau que James avait un jour fait

---

1. En français dans le texte.

à Léonora, et il la caressait. Elle remarqua combien ses mains étaient petites.

« Je pense que vous devez connaître son poème sur la colombe », dit-il.

« La colombe, bien sûr. » Mais le poème lui échappait toujours. Ned commença à le citer : « *J'avais une colombe et la douce colombe est* [*morte ;*
Et j'ai pensé qu'elle était morte de cha- [*grin...* »

« Ah, oui, bien sûr, ce triste petit poème. » Léonora était soulagée que ce fût quelque chose d'aussi simple et d'aussi inoffensif. A quoi s'attendait-elle donc ? « Elle est morte », ajouta-t-elle assez sottement. « Reprendrez-vous du thé ? »

Ned lui passa sa tasse et continua le poème, sa voix s'attardait sur les mots, les soulignant curieusement.

« *O, quel pouvait bien être ce chagrin ?*
Ses pieds étaient liés par un unique fil de ma propre main tissé. »

« Il faut que vous alliez voir la maison de Keats à Hampstead », dit Léonora, soudain agitée, car maintenant ce petit poème inoffensif semblait presque avoir une signification obscure et déplaisante. Mais c'était son imagination, et c'était ridicule, sûrement. « Nous pourrions y aller tous ensemble », dit-elle avec plus de fermeté. « Je ne pense pas que James y soit déjà allé. »

« J'attends déjà cela avec impatience », dit Ned en se levant. « Et maintenant, il faut que je parte. Ça a été merveilleux de vous rencontrer. Vous direz à Jimmie que je suis venu ? » Il y avait une note malicieuse de doute dans sa requête.

« Oui, je lui dirai, bien sûr — et il faudra que vous veniez déjeuner[1]. »

« Déjeuner », il savoura le mot comme quelque chose de particulièrement anglais, « ce sera délicieux. » Il plissa les yeux dans un sourire et disparut.

Léonora ferma la porte d'entrée et s'y appuya. Elle vit qu'elle tremblait. Elle avait bravement affronté l'épreuve, pensa-t-elle, et l'idée de proposer une rencontre future était sûrement une bonne tactique, mais le poème s'attardait dans son esprit. Est-ce que les autres — ou James lui-même — pouvaient avoir ce regard-là sur leur relation ? se demanda-t-elle. Elle alla vers le miroir en bois fruitier en quête de réconfort et vit qu'elle avait l'air pâle et tendu. Elle se sentit soudain trop vieille pour lutter ; mais était-on jamais trop vieux quand il fallait sauver son amour — s'accrochait-on à cela aussi opiniâtrement qu'à la vie même ? Elle s'était toujours considérée comme une femme faible qui comptait sur les hommes — particulièrement des hommes comme Humphrey — pour l'aider dans les petites choses de tous les jours, mais quand il s'agissait d'une vraie crise peut-être était-elle plus forte que n'importe lequel d'entre eux. Plus forte que James, en tout cas.

James avait dormi presque tout l'après-midi et le soir commençait à tomber quand il se réveilla. A un moment, il avait cru entendre la sonnette de la porte d'entrée et la voix de Ned, mais quand il avait essayé d'écouter tout était calme, et il avait décidé qu'il avait dû rêver.

1. « Luncheon » à la place de « lunch ».

Alors il se leva et mit sa robe de chambre. Il avait la tête vide et ressentait le besoin de manger et de boire quelque chose, il ne savait pas exactement quoi. Il alla à la porte et l'ouvrit, pensant descendre à l'appartement de Léonora, mais la maison était silencieuse. Peut-être était-elle sortie.

« Léonora ! » appela-t-il.

« Mais, James, je pensais que vous étiez sorti. Vous étiez là pendant tout ce temps ? »

« Oui. Je ne me sentais pas bien quand je me suis réveillé, et j'ai dormi presque tout le jour. J'ai la grippe ou quelque chose comme ça. »

« Mon pauvre James. Je n'en avais pas la moindre idée. Avez-vous mangé ? »

« Non, je n'en avais pas envie et je n'avais pas l'énergie... »

« Retournez vous coucher, je vais vous apporter quelque chose. »

Quand Léonora revint avec le plateau composé avec art — de la soupe et des toasts, des œufs brouillés et une grappe de raisin noir — James s'était installé, appuyé sur son oreiller, et il se sentait déjà mieux. C'était à cette heure-là le dimanche soir que les cloches commençaient à sonner les vêpres, ce qui peut être agréable ou mélancolique selon l'état dans lequel on est.

« Comme la nuit vient vite maintenant », dit Léonora en se dirigeant vers la fenêtre, « et toutes les feuilles d'érable tombent — le jardin en est plein. »

« Je m'en occuperai quand je me sentirai mieux », dit James. Il détestait le jardinage, mais c'était sans doute le moins qu'il pût faire pour elle.

Ils restèrent dans un silence heureux pendant un moment, James grignotant délicatement son repas, et Léonora assise sur une chaise près du lit.

« Oh, au fait », dit-elle finalement, « j'ai eu une visite cet après-midi. »

« Une visite » — il n'avait donc pas rêvé.

« Votre ami américain, Ned. »

« Ned ? Que fait-il donc à Londres ? »

« Il travaille au British Museum, d'après ce que j'ai compris — il a dit que vous le saviez. »

James se sentit rougir au son de sa voix impassible, si dépourvue de reproche. Il eût été préférable qu'elle fît une scène. Il ne se rappelait plus ce qu'il lui avait dit sur Ned. Sûrement pas grand-chose. En fait, on pouvait dire qu'il l'avait de nouveau trompée — d'abord avec Phoebe, et maintenant avec Ned. Il se tourna vers la fenêtre. Il vit quelques feuilles tomber lentement de l'érable. Ned appelait cette époque de l'année « *Fall* » [1]. Il fut pris de l'envie soudaine de courir s'enfouir sous ces feuilles, de s'en couvrir la tête et le corps dans un geste fou de protection, retour à l'état de fœtus comme on dit. Mais il imagina alors le rire froid de Léonora et sa « compréhension » muette. Il ne trouverait jamais un appartement qui fût à lui. On n'échappait à rien, jamais. Mais elle le pressait de manger un peu de raisin.

« On devrait toujours avoir des raisins chez soi », dit-elle, « on ne sait jamais quand on en aura l'usage. »

« Qu'a dit Ned ? », demanda-t-il.

« Oh, il a été tout à fait charmant. Je songe

1. « Automne » en américain.

à organiser un petit déjeuner et à l'inviter à faire la connaissance de quelques-uns de nos amis. Il est vraiment adorable. »

Adorable, pour le moins, pensa James, et pourtant, maintenant que Léonora l'avait pris en mains, qui savait ce qu'il pourrait devenir ? Elle trouverait un arrangement où il aurait sa place tout comme elle l'avait fait pour Phoebe. Sans parler de la place qu'elle avait donnée à James lui-même. Pourtant, il avait le sentiment qu'il ne serait pas aussi facile d'en user avec Ned. Il y avait chez lui quelque chose de fondamentalement intraitable qui résisterait à tout « arrangement » de la part de Léonora...

« Vous et moi », disait Léonora, « et Humphrey et Liz, bien sûr. Pensez-vous qu'il faille inviter une autre femme ? Qui suggérez-vous ? »

« Miss Caton », dit James avec impertinence.

« Chéri, vous êtes méchant ! Quel dommage que cette pauvre Miss Sharpe se soit sauvée à Majorque. J'aurais aimé avoir une occasion de mieux la connaître, et Ned l'aurait adorée — toute cette littérature anglaise. »

James tendit la main pour reprendre des raisins. Il déplorait que Léonora s'obstinât ainsi, car après tout, il n'était pas tout à fait lui-même. Il ferma les yeux, et à son grand soulagement elle s'arrêta de parler.

XIX

Il n'y avait pas de doute dans l'esprit de Léonora qu'il fût nécessaire de faire quelque chose au sujet de Ned, mais agir sans ménagement, si tant est qu'elle en fût capable, lui causerait sans doute bien des émois et du tracas. Ne se trouverait-elle pas alors dans la situation d'Hercule coupant la tête de l'hydre pour se rendre compte qu'une autre tête a surgi à sa place ? De toute évidence, on ne se débarrasserait pas de Ned aussi facilement que de Miss Foxe ou de Phoebe, qui s'était si commodément mise à l'écart, mais il ne serait en Angleterre qu'une année, c'était si peu de temps dans toute une vie. Il y avait le déjeuner aujourd'hui pour commencer, et leur projet d'aller visiter un jour la maison de Keats. Comme ils allaient s'amuser tous les trois — Léonora, Ned, et James. A cette pensée, une perspective excitante et dangereuse s'ouvrit devant elle. Peut-être vaudrait-il mieux chercher un compromis : Ned trouverait sa place dans la trame de leur vie et deviendrait comme un fil invisible dans un ensemble harmonieusement tissé. Pourtant, quand il pénétra dans la pièce, il prit immédiatement le devant de la scène ; il était éblouissant, et à ses côtés Léonora n'était plus qu'une femme vieillissante et trop bien habillée, Liz une petite querelleuse minable, et James et Humphrey un jeune blanc-bec accompagné d'un oncle suffisant.

« Léonora, quel plaisir de vous voir ! » Les lèvres de Ned frôlèrent sa joue, tandis que sa petite main douce s'attardait un instant sur son bras.

Elle ne s'attendait pas à ce qu'il l'embrassât alors qu'il ne l'avait vue qu'une fois, et il lui vint à l'esprit que pour ce qui était d'intégrer quelqu'un à la trame de sa vie, il l'avait peut-être prise de vitesse. James, passant les verres comme un serviteur discret et efficace, était atterré et gêné par la façon dont les choses se passaient. Il regrettait maintenant d'avoir un jour parlé de Ned dans cette lettre à son oncle, car il n'avait pas pensé qu'Humphrey en parlerait à Léonora, que Ned lui rendrait visite, ou qu'ils se rapprocheraient de cette manière inattendue. Il aurait dû garder tout cela pour lui — comme il l'avait fait avec Phoebe — mais comment aurait-il pu prévoir le tour que prendraient ses relations avec Ned ? Léonora n'allait tout de même pas les suivre partout ? Il médita sombrement sur cette perspective et alla de mauvaise grâce chercher le rôti dans la cuisine, une splendide pièce de bœuf.

Humphrey se leva pour le découper. Il faisait partie de ces hommes qui sont à leur affaire un couteau à découper à la main, et il avait là une viande à la hauteur de ses talents.

« J'ai bien peur que ce repas ne soit terriblement anglais... » Léonora se tourna vers Ned d'un air d'excuse.

« Du roast beef — c'est formidable ! » Ned lui fit un charmant sourire. « Et du Yorkshire Pudding aussi — vous deviez savoir que c'est mon plat préféré. »

Léonora fut contente de voir que les hommes avaient si bon appétit, mais elle se sentait trop épuisée par ses émotions pour manger grand-chose elle-même. Le seul fait d'être avec Ned était très éprouvant, et James avait à peine ouvert la bouche depuis son arrivée — que se passait-il donc ? Quand Humphrey et James partirent au magasin, emmenant Ned avec eux, elle espéra que Liz partirait aussi. Mais Liz, comme le font certaines femmes, était décidée à faire la vaisselle, et elle se dirigea vers la cuisine où elle entreprit de gratter tous les petits bouts de viande qui restaient et les mit dans un plat pour ses chats.

« James a l'air très emballé par son nouvel ami », observa-t-elle.

« Oh, je n'ai pas vraiment fait attention », dit Léonora négligemment.

« Je le regardais pendant que tu parlais à Ned — il fallait voir la tête qu'il faisait. »

« Oui, pauvre James, il a été tenu un peu à l'écart de la conversation. C'est tellement difficile, n'est-ce pas, de n'exclure personne. »

« Je ne ferais pas confiance à Ned les yeux fermés », dit Liz d'un air un peu suffisant.

« Oh, est-ce bien une question de confiance ? »

« Oh, non, nous n'en sommes plus là, ma chère. » Liz parlait avec le détachement de quelqu'un qui a passé le temps des affaires de cœur, et en incluant Léonora elle cherchait peut-être à l'avertir de faire marche arrière pendant qu'il était encore temps. Pourtant, une autre partie d'elle-même souhaitait qu'elle continuât, pour savoir s'il était possible que la froide et fière Léonora, si efficace, pouvait souffrir comme elle avait souffert, et donc offrir un spectacle intéressant, une sorte de diversion à l'ennui de la vie de tous les jours. « Je me demande ce qu'en pense Humphrey », ajouta-t-elle, voyant que Léonora ne répondait pas.

⁂

« Ce n'est pas pratique du tout », dit Humphrey irrité. « Tu sais que je n'aime pas laisser Miss Caton seule l'après-midi. »

On aurait presque dit que son oncle craignait qu'elle ne fût attaquée ou violée par un acheteur, pensa James. « Elle se débrouille aussi bien que moi », dit-il. « Et j'ai vraiment promis à Léonora que je les emmènerais, elle et Ned, voir la maison de Keats. Il faut qu'il y aille pour son travail, tu comprends. »

Humphrey était silencieux devant les arguments de poids qu'étaient une promesse à Léonora et le « travail » de Ned, bien que ce dernier ne lui fît aucun effet, comme il disait. Il ne savait comment interpréter le tour nouveau qu'avaient pris les choses depuis que Ned était entré dans leur vie. Où James voulait-il en venir ? D'abord une maîtresse et maintenant un amant. Et pourquoi Léonora faisait-elle tant de cas de Ned ? Malgré tout son charme, il était évident qu'elle ne l'aimait pas. Il aurait été tellement plus raisonnable qu'elle acceptât sa défaite et abandonnât.

« Très bien, alors », dit-il finalement. « Je n'aimerais pas que tu causes une déception à Léonora, bien sûr, mais n'en fais pas une habitude. C'est dommage qu'il pleuve cet après-midi », ajouta-t-il, non sans satisfaction.

Léonora sortit pour aller à la voiture dans le beau manteau de pluie iridescent qu'elle avait mis pour aller chercher James au terminal de l'aéroport. On n'était pas à son mieux sous la pluie, c'était évident, et il était plus nécessaire que jamais qu'elle le fût. Elle s'était représenté un après-midi d'automne doré pour cette excursion — saison de brumes et de la moelleuse abondance, était-ce bien cela ? — et dans le passé, James et elle avaient toujours eu de la chance avec le temps.

« Apparemment, j'apporte la pluie », dit Ned avec complaisance, en embrassant sa joue. « Il faisait un temps absolument radieux hier. »

Il regarda brièvement James, en souriant à moitié, mais James aidait Léonora à monter en voiture et ce fut elle qui intercepta son regard.

La veille était un dimanche, et la journée avait été très belle, c'était certain ; elle avait entendu James sortir peu après le petit déjeuner et ne revenir que tard le soir. Elle avait essayé de ne pas imaginer où il avait pu aller, et avait mis un point d'honneur à ne pas poser de questions.

« Nous ne marcherons pas dehors », dit James, « donc nous n'aurons ni les uns ni les autres à nous mouiller. »

Malgré tout, les cieux couverts et la pluie qui tombait enveloppaient la petite maison aux pièces nues et simples d'un voile de tristesse. Personne d'autre ne la visitait, sauf une femme d'âge mûr qui avait un chapeau de pluie malicieux et des bottes transparentes par-dessus ses chaussures. Elle portait un sac plein de livres, sur lesquels se trouvait le paquet aux couleurs vives d'un « repas surgelé pour une personne ». Léonora vit des steaks artistiquement découpés, avec de la sauce marron foncé, un petit Yorkshire pudding rond, deux monticules de purée et des petits pois d'un vert éclatant. Elle eut d'abord sa réaction habituelle de mépris pour les gens capables de vivre de la sorte, puis, peut-être parce que sa souffrance grandissante l'avait rendue plus sensible, elle imagina cette femme rentrant chez elle vers une solitude douillette, son repas réchauffé en vingt-cinq minutes sans souci de préparation, des livres à lire tout en mangeant, et le souvenir d'une visite à la maison de Keats à chérir. A présent, elle apercevait son visage, ingrat mais radieux, alors que son regard quittait l'une des vitrines qui contenaient les émouvantes reliques. Il y avait des larmes sur ses joues.

Léonora se dirigea alors vers une petite serre où quelques fleurs tardives, bégonias et pélargoniums, étaient encore fleuries. Des grappes de raisin qui pendaient d'une vigne lui rappelèrent le cottage de Phoebe. Comme c'était simple comparé à aujourd'hui ! Elle fut envahie par le désespoir, et en voyant James et Ned un peu plus loin, qui se parlaient à voix basse, elle eut le sentiment d'être déjà vaincue. Elle regrettait maintenant d'être venue. Keats n'évoquait rien pour elle si ce n'est la voix de Ned ce dimanche après-midi, citant ces vers détestables sur la colombe.

« La bague de fiançailles de Fanny Brawne ! » s'exclama-t-il avec son ravissement habituel.

« Et la pierre est un almandin, c'est écrit. Qu'est-ce que c'est Jimmie ? »

« Aucune idée », dit James, pour qui Keats n'évoquait rien non plus.

« Ça ressemble à un grenat », dit Léonora qui s'était maintenant jointe à eux.

« Oui, je crois que c'est bien cela », acquiesça Ned. Il posa la main sur son bras et la regarda intensément. « Léonora, je crois que vous avez besoin de votre thé. Vous avez l'air épuisé », ajouta-t-il avec douceur.

« En avez-vous assez, Léonora, êtes-vous fatiguée ? » James semblait plein de sollicitude, comme toujours, mais maintenant elle se demandait s'il l'aurait remarqué si Ned n'en avait pas parlé le premier.

« Bien sûr que non, je ne suis pas fatiguée », dit-elle un peu vivement.

« Mais c'est fatigant de visiter des musées — je sais que maman trouve toujours que ça l'est », dit Ned, « et je me sens vraiment un peu coupable. Mais si vous saviez l'importance que ça a pour moi... »

Léonora se surprit à se demander si cela avait pour lui tant d'importance. « Bien sûr, je comprends », dit-elle, « et c'est moi qui ai eu l'idée de venir ici, de toute manière. »

Mais à présent, capricieux comme un enfant, Ned décidait soudain qu'il en avait assez. Il exigea du thé, et il fallait qu'il y eût des « muffins » et des toasts chauds beurrés. Et ensuite, il faudrait aller voir l'appartement qu'il s'était trouvé, « le bouge de Ned », comme il disait.

La curiosité et un certain entêtement dont une femme fragile peut faire preuve même dans la situation la moins prometteuse conduisirent

Léonora, quelque fatiguée qu'elle fût — et elle l'était assurément — à les accompagner à la maison voisine de Brompton Oratory (« les offices catholiques me ressemblent beaucoup », avait remarqué Ned) où il avait pris un appartement meublé.

Ils entrèrent dans le salon qui était plongé dans l'obscurité. Ned alluma une lampe de bureau qui donnait juste assez de lumière pour que Léonora perçoive vaguement des murs tapissés de feuilles vert olive foncé — presque un papier Morris — et des meubles recouverts de cuir noir. Un grand tapis noir en fourrure synthétique couvrait la moitié du sol, et dans un coin il y avait un divan rouge envahi de coussins, également dans un tissu qui ressemblait à de la fourrure. Elle avait une sensation de malaise, sans trop savoir pourquoi, peut-être parce que c'était si loin d'être le genre de pièce qu'elle-même ou l'une de ses connaissances aurait choisie. Elle lui rappelait le sombre sous-sol anonyme où Colin servait des salades.

« Il appartient à un acteur qui est toujours en tournage », dit James, comme s'il avait le sentiment qu'on attendait quelque commentaire.

« Alors, il n'est pas à votre goût ? » demanda Léonora à Ned, qui avait l'impression que cela aurait facilement pu être le cas.

« Pas exactement — mais c'est amusant, vous ne trouvez pas ? Et je pense vraiment que la chambre me ressemble assez. » Il ouvrit brusquement une porte qui découvrit un lit exceptionnellement large couvert de velours mauve.

« Le lit est confortable ? » demanda Léonora, sottement, elle s'en rendit compte.

« Sans doute », dit Ned, « mais peut-être que le confort n'est pas tout. »

« Le papier rayé est joli », dit Léonora qui faisait tout ce qu'elle pouvait.

Ils retournèrent dans le salon où furent servies des boissons. Il y avait du scotch, de la vodka ou de la crème de menthe. Léonora accepta un demi-verre de tonic, mais elle sentait venir ses maux de tête et le posa presque intact après la première gorgée. James prit du scotch et Ned se fit une crème de menthe « on the rocks ». On s'affaira beaucoup à piler la glace d'une manière spéciale que lui et James avaient l'air de trouver amusante. Léonora ne comprit pas pourquoi, et ressentait une gêne grandissante dans l'atmosphère de complicité qui semblait émaner des deux jeunes hommes. Elle allait juste suggérer que James la reconduisît chez elle quand Ned dit de son ton le plus doux : « Léonora est fatiguée, et c'est assez égoïste de notre part de l'avoir obligée à rester si longtemps. Nous avons passé un après-midi délicieux, et maintenant je vais appeler un taxi pour la ramener. »

Il fut au téléphone — une élégante pièce d'antiquité — avant que Léonora puisse protester que, bien sûr, James la conduirait. Et James n'essaya pas davantage de le lui proposer. Il se contenta de rester assis dans l'un des fauteuils de cuir noir à méditer devant les glaçons qui fondaient dans son verre. Quand le taxi arriva, ils descendirent tous deux avec elle. Ils l'embrassèrent tous deux, des « au revoir » et des « merci » furent prononcés, et ils rentrèrent ensemble dans la maison.

« Eh bien, Jimmie, félicitations ! » Ned se tourna vers James, et ils se firent face dans l'étroit espace de l'ascenseur. « Alors tu as enfin réussi ! »

« A quoi ? »

« A te débarrasser de Léonora, bien sûr ! J'ai cru qu'elle ne partirait jamais. »

« Je me sentais un peu coupable de ne pas la reconduire chez elle », reconnut James.

« Pour l'amour du ciel — nous lui avons fait venir un taxi, non ? Elle aurait pu rentrer en bus — beaucoup de gens le font. »

« Pas Léonora, pourtant. Peut-être que je devrais lui donner un coup de fil plus tard pour m'assurer qu'elle est bien rentrée. »

« Jimmie, vraiment ! Cette conscience que tu as, qu'est-ce qu'on va en faire ? »

James sourit, plus détendu maintenant que lui et Ned étaient seuls ensemble. « Je n'en ai pas tellement, en fait », dit-il, « mais Léonora m'aime tant. »

« Moi aussi, je t'aime. On ne peut pas continuer comme ça. La première chose à faire est que tu quittes sa maison. »

« Je sais. Je cherche un autre appartement. Ce n'était que provisoire, le fait que je sois chez elle. »

« Est-ce qu'elle le sait, elle ? »

« Oui, bien sûr. »

Ned sourit. Au bout d'un moment, il dit : « Eh bien, c'est déjà ça. Quand tu déménageras, il sera beaucoup plus facile de la laisser tomber. »

James eut l'air surpris.

« Simplement, tu ne prends pas la peine de l'appeler », continua Ned. « Elle comprendra vite. »

James eut un mouvement de protestation, mais les mots ne vinrent pas.

« Et elle, elle t'appellera ? »

« Je ne sais pas, sans doute que non. Elle a toujours été très bonne... » Il hésita, car il ne semblait pas juste de parler ainsi de Léonora.

« J'imagine. Elle est du genre fier et préfère souffrir en silence. Comme un animal blessé qui va se cacher pour mourir. » Ned eut un rire désinvolte et cruel. « Jimmie, n'aie pas cet air — qu'est-ce que j'ai dit ? »

Les paroles de Ned avaient replongé James dans son enfance. Ils avaient eu un chat qu'ils avaient beaucoup aimé et qui s'était fait écraser. Lui et sa mère l'avaient retrouvé dans un bois où il s'était réfugié après que la voiture l'eut renversé, du sang séché sur le museau, son beau pelage tout terne.

« Tu ne comprends pas », dit-il.

« Mais si, crois-moi, Jimmie. » Ned était doux soudain, il y avait même des larmes dans ses yeux. Et seul l'observateur le plus cynique et le plus froid aurait discerné l'infime trace de complaisance dans sa voix lorsqu'il ajouta : « La vie est cruelle, et les gens se font des choses terribles. »

« Oui, c'est ça le pire. »

« Il faut simplement l'accepter — j'ai fait du mal moi aussi, et j'en ai terriblement souffert, des nuits sans sommeil — oh, toutes ces choses. »

« Peut-être que Léonora comprendra », commença James, mais Ned en avait maintenant assez de parler de cela.

« Mon Dieu que j'ai faim », dit-il, se levant et arpentant la pièce. « Sortons manger. »

Léonora alla se coucher à onze heures, décidée à être « raisonnable ». Elle lut un petit moment puis s'endormit, le livre — un gros volume de mémoires victoriens — tombant lourdement sur le sol. Au bout d'un moment, elle s'éveilla en sursaut — il y avait eu du bruit quelque part. James regagnant son appartement, certainement. Ou bien un cambrioleur était-il entré et montait-il furtivement à cet instant même l'escalier recouvert d'un épais tapis ? Elle mit sa robe de chambre et ses pantoufles, ouvrit sa porte et resta debout à écouter. Tout était silencieux, le calme absolu du milieu de la nuit. Peut-être était-ce vraiment James qui était rentré ; elle allait juste monter sur la pointe des pieds pour voir s'il y avait de la lumière dans son appartement. Mais en arrivant elle vit qu'un paquet et des lettres qu'elle avait déposés plus tôt étaient encore devant sa porte.

« James ? » appela-t-elle doucement, mais elle savait qu'il n'était pas là. Il était trois heures du matin et il était avec Ned. Etait-ce mieux ou pire que s'il avait été avec Phoebe ? se demanda-t-elle, en essayant de considérer la situation avec calme. Bien sûr, à l'époque où il avait son appartement, elle ne savait pas où il était la nuit. Aurait-il peut-être été préférable de ne pas le savoir maintenant ?

Soudain, un cri perçant se fit entendre. Effrayée, elle se blottit sous les draps, puis elle se rendit compte que ce n'était que l'un des chats de Liz. Elle était maintenant tout à fait éveillée pour la deuxième fois et il ne semblait rien y avoir d'autre à faire que descendre préparer du thé, breuvage qu'elle n'aimait guère à cause du réconfort qu'il était censé apporter à ceux qu'elle méprisait habituellement. Pourtant, être au lit avec la couverture électrique et un plateau de thé sur la table de chevet était loin d'être désagréable. Elle s'assit, une liseuse de soie plissée autour des épaules, et pensa qu'elle pourrait lire un peu de Browning, *A deux dans la campagne romaine*, peut-être. Le souvenir de sa beauté lointaine et de ses plaisantes images la réconforta, bien qu'elle n'eût pas la force d'ouvrir le livre et de trouver le poème. Au bout d'un moment, elle commença à voir les choses d'une manière plus posée ; s'il y avait eu quelqu'un pour l'entendre, elle aurait sans doute dit : « Je suis Léonora Eyre », comme elle l'avait fait à Vine Cottage. Tout irait « mieux » le lendemain matin. Elle décida de ne rien dire à James sur le fait qu'il n'était pas rentré. Elle avait essayé d'être compréhensive pour Phoebe ; elle le serait encore davantage pour Ned.

XX

James posa le téléphone et retourna à son étude du catalogue des porcelaines de chez Christie, qui devaient être mises à la vente bientôt, mais il ne put se concentrer. Il venait juste de mentir à Léonora, délibérément, et cela avait été si facile. « Dis que tu ne seras pas à Londres ce week-end », avait suggéré Ned, et elle l'avait accepté sans discussion, tout comme elle avait accepté les autres demi-mensonges qu'il avait été obligé de dire pour dissimuler certaines des dispositions pratiques de sa nouvelle vie avec Ned. Bien sûr, elle savait ce qui se passait, il le sentait, et elle se montrait délibérément « bonne » et « compréhensive », si bien que parfois il souhaitait presque qu'elle oubliât un instant sa dignité et fît une scène.

« C'était Léonora ? » demanda Humphrey, voyant que James ne disait rien de lui-même. « Lui as-tu dit que tu as trouvé un nouvel appartement ? »

« Elle sait que je cherche », dit James, « mais je pensais attendre que le bail soit signé, toutes ces formalités, avant de lui en parler. »

« Je dîne avec elle ce soir. Veux-tu que je lui dise quelques mots ? »

James hésita. Il aurait été heureux d'accepter la proposition de son oncle, c'était la solution la plus facile ; mais il supposait qu'il devait affronter Léonora lui-même. Comment allait-il s'y prendre ?

« Je m'en charge », dit Humphrey. Il se leva et se mit à fredonner un air à la mode. Il était de bonne humeur en ce moment, car évidemment il voyait Léonora plus qu'à l'accoutumée, et bien qu'il eût trop de tact pour lui parler beaucoup de James et de sa nouvelle liaison, il était manifeste qu'elle lui était reconnaissante d'organiser des petites expéditions à la campagne, des visites de maisons historiques, et des repas particulièrement délicieux pour détourner son esprit de ce qui se passait, « et dans sa propre maison », se disait Humphrey. Car les absences fréquentes de James devaient être aussi douloureuses pour elle que s'il avait fait venir Ned à son appartement. « Le croirez-vous », continua Humphrey, « il y a déjà presque un an que nous nous sommes rencontrés à cette vente de livres. On dirait que c'était hier. »

Il semblait à James qu'il y avait beaucoup plus longtemps, car l'année avait été remplie d'événements et de rencontres, comme peut l'être l'année d'un homme de vingt-cinq ans comparée à celle d'un homme de soixante ans. Léonora, Phoebe, Ned — des expériences si différentes — et il les avait aimés tous trois, il les aimait encore, d'une certaine façon. Mais maintenant, curieusement, c'était Ned qui sollicitait toute son attention comme les femmes n'avaient jamais su le faire.

« Tu as dit que tu ne serais pas à Londres ce week-end ? » demanda Humphrey.

« Oui », dit James sèchement, car il n'avait pas encore préparé de mensonge pour son oncle et il ne savait pas du tout quelle explication il allait pouvoir fournir. Par chance, elle ne fut pas nécessaire ; Humphrey sortit, fredonnant toujours, et James resta seul avec Miss Caton.

« La campagne peut être très agréable en novembre », remarqua-t-elle, « et nous avons eu un temps très doux récemment. Mais je prendrais des vêtements chauds à votre place, au cas où... »

James acquiesça poliment, amusé à l'idée qu'il aurait besoin de vêtements chauds dans l'appartement surchauffé de Ned. Il se remit à son travail et essaya de chasser Léonora de son esprit. Il était content qu'Humphrey dînât avec elle ce soir. C'était le fait de penser à elle, seule à l'attendre, qu'il ne supportait pas. Il essaya le remède de Ned : quand tu ne supportes pas de penser à quelque chose, eh bien, n'y pense pas ; et au bout d'un moment, le remède opéra.

Humphrey ne venait pas avant huit heures et le repas était prêt, mais Léonora n'était pas d'humeur à voir Meg qui avait demandé si elle pouvait passer pour bavarder en rentrant du bureau. Il fallait éviter toute perturbation si l'on voulait être au mieux de sa forme, et Meg était là à parler de son état de santé actuel et des difficultés que rencontrent les femmes de « leur » âge, sujet des moins opportuns. Timidement d'abord, puis avec une confiance croissante, elle décrivit son propre cas — un médecin sympathique, une femme, lui avait expliqué tant de choses. Tout, semblait-il, la fatigue, la dépression, les larmes, le sentiment de n'être pas à la hauteur, les regrets d'une vie gâchée, tout pouvait être expliqué de façon satisfaisante.

Léonora écoutait avec une indignation grandissante. *Elle* n'avait jamais eu conscience de ne pas être à la hauteur ; elle ne pouvait évidemment pas nier qu'elle était une femme elle aussi, mais il était intolérable qu'elle et Meg puissent avoir cela en commun.

« Apparemment, c'est une très bonne chose que de s'intéresser à une personne plus jeune, une sorte de substitut d'enfant », continua Meg, « tout le monde a besoin d'aimer. Il faut simplement laisser son amour s'exprimer, a dit le docteur Hirschler » — là, Meg fit de grands gestes des bras — « ne pas l'étouffer ou en avoir honte. »

« Ça doit être gênant quelquefois », observa Léonora, en se demandant si Meg n'avait pas un peu trop bu.

« Et il faut donc que chacun s'accomplisse à sa façon », continua Meg, « et si les choses semblent quelquefois ne pas aller, il ne faut pas s'arrêter d'aimer, c'est ainsi que je vois le problème. »

Léonora se demanda si elle n'avait pas d'une façon ou d'une autre donné à Meg l'impression qu'elle avait un peu moins vu James récemment, car à présent Meg semblait presque compatissante, comme si elle suggérait qu'il l'avait plus ou moins négligée. Même aujourd'hui, elle ne pouvait se résoudre à admettre, et devant Meg moins que devant quiconque, que quelque chose « n'allait pas » entre elle et James.

« C'était exactement la même chose quand Colin a fait la connaissance d'Harold », dit Meg. « Au début ça a été très dur pour moi, mais maintenant qu'ils ne sont plus ensemble... »

« Ah bon ? Je ne savais pas. » La voix de Léonora s'anima quelque peu.

« Oh, oui — je croyais te l'avoir dit. Ça n'a pas marché comme nous l'espérions. » A l'entendre, on avait presque un sentiment d'intimité douillette, tous les trois avec leurs espoirs. « Que s'est-il passé ? »

« Le scénario habituel. Harold a rencontré quelqu'un à son cabinet — la personne apportait un caniche — ou était-ce un épagneul... ? » Meg fronça les sourcils, essayant de se rappeler ce qui semblait à Léonora un détail totalement hors de propos, « un petit chien, je sais, des maux de dents... bref, Harold et le propriétaire du chien se sont plu et maintenant ils vivent ensemble. »

« Comme c'est pratique », murmura Léonora.

« Colin a été très bouleversé, bien sûr, mais il sait que je suis toujours là. Je suis la seule personne qui ne change jamais », déclara Meg avec vigueur, et c'était bien l'impression qu'elle donnait, pensa Léonora, assise là dans son éternel manteau de mouton qui semblait être son unique vêtement d'hiver. Certains lui auraient sans doute trouvé une note de pathétique, de noblesse même, mais pas Léonora.

« Je suis navrée, Meg », dit-elle, « mais je vais devoir te mettre à la porte. Humphrey vient dîner et il doit arriver à huit heures. »

« Tu devrais épouser Humphrey », dit Meg, tout en faisant ce qu'on lui demandait. « Je ne comprends pas pourquoi tu ne t'es jamais mariée, Léonora. »

Léonora eut un sourire énigmatique. Manifestement, on avait eu ses chances, Meg en avait sûrement conscience.

Elle la reconduisit, puis s'attarda près du miroir en bois fruitier. Il lui renvoya l'image flatteuse habituelle et elle sut qu'à table, à la lumière des bougies, elle serait aussi belle que possible dans la robe de dentelle noire qui plaisait à Humphrey. Peut-être le laisserait-elle l'embrasser ce soir. Elle avait préparé ses plats préférés : du poulet à l'estragon et de la mousse au chocolat. Ce ne fut que lorsqu'elle lui en proposa et qu'Humphrey refusa qu'elle se souvint qu'il détestait tout ce qui était au chocolat. C'était James qui adorait la mousse au chocolat.

« Un peu de fromage, ma chère, si vous en avez — cela terminerait parfaitement le repas. »

Bien sûr qu'on avait du fromage, plusieurs sortes, pensa Léonora, en allant le chercher, Dans le garde-manger, elle eut un moment de désespoir. Elle s'appuya au bord d'une étagère, le front contre les boîtes de conserve — des crevettes et de la langouste, des pointes d'asperges, des pêches blanches — qu'elle avait toujours au cas où James serait venu manger à l'improviste. Il y avait si longtemps qu'il ne l'avait pas fait maintenant. Si seulement, en revenant dans la salle à manger, elle pouvait le trouver là assis à la place d'Humphrey !

C'est quand elle fut devant lui avec l'assiette de fromage qu'Humphrey choisit de lui annoncer que James avait trouvé un nouvel appartement et y emménagerait bientôt.

« Où est-ce ? », demanda-t-elle, parfaitement maîtresse d'elle-même maintenant.

« A Fulham, mais on dit Chelsea maintenant. Les valeurs foncières ont considérablement augmenté dans cette zone ces dernières années, et je crois que ce devrait être un bon investissement pour lui. Après tout, si, comme on le suppose, James décidait un jour de se marier et d'acheter une maison, il pourrait toujours céder le reste de son bail... »

Elle le laissa causer, remarquant au passage que ce serait pratique pour aller au magasin. Puis elle commença à préparer le café.

Humphrey la regardait avec plus de détachement que d'habitude. Elle avait l'air fatigué, pensa-t-il, pas vraiment en beauté dans sa robe de dentelle noire. Les femmes de la génération de Léonora croyaient que le noir leur allait toujours, mais souvent elles se trompaient. Il partirait sans tarder et la laisserait à une bonne nuit de sommeil. Il refusa le cognac qu'elle lui proposa et se leva pour prendre congé d'elle ; Léonora eut le sentiment qu'il partait exceptionnellement tôt. Il l'embrassa légèrement sur la joue et lui tapota l'épaule, murmurant quelque chose qui semblait être « allons, allons », comme on pourrait le faire à un enfant ou à un animal.

Elle avait maintenant le sentiment d'avoir été flouée ; elle avait espéré une manifestation plus tendre d'affection, ce baiser qu'elle avait décidé de lui accorder. Ils auraient très bien pu finir la soirée au lit, et cela aurait pu être d'une intimité réconfortante.

« Je suppose que James va vouloir déménager ses meubles », dit-elle, alors qu'ils se souhaitaient bonne nuit.

« Oui, je suppose. » Vraiment, à ce rythme, les meubles allaient bientôt être réduits en morceaux, pensa Humphrey. D'abord, on les avait sortis de l'appartement de James à Notting Hill Gate, puis ils avaient échoué au garde-meubles, puis du garde-meubles à ce cottage à la campagne, puis à la maison de Léonora, et maintenant à Fulham. « Que ça ne vous affecte pas », ajouta-t-il. « Je m'occupe de tout. »

« On ne va tout de même pas être déprimé pour quelques meubles », dit Léonora glaciale.

« Eh bien, ma chère, si vous avez besoin de moi pour quoi que ce soit... », dit Humphrey, un peu refroidi. De nouveau, il lui tapota l'épaule et elle rentra dans la maison, avec le sentiment que la soirée n'avait pas été une réussite.

XXI

« Jimmie, tu as vraiment de très beaux pieds — te l'a-t-on déjà dit ? »

James secoua la tête ; personne ne lui avait encore fait ce genre de compliment.

« Est-ce que tu marches beaucoup pieds nus ? Ça pourrait être une explication. »

« Eh bien, pas en Angleterre. »

« Mais a-t-on l'impression d'être en Angleterre, ici... ? » Ned s'étira sur le tapis noir en fourrure synthétique.

« Non, on a l'impression d'être nulle part », acquiesça James.

« Et pourtant, on est partout. » Ned était sur le point de citer Donne quand il se souvint que James était totalement ignare en littérature anglaise, et qu'avec lui il ne pouvait être question de s'amuser à se renvoyer des citations.

« Tu sais », dit James au bout d'un moment, « je crois qu'il va falloir que j'aille la voir. »

« Oh, tu veux dire Léonora. Mais elle est sûrement au courant ? Ton oncle lui aura dit. »

« Oui, il l'a fait. Mais je ne peux pas faire simplement déménager les meubles sans rien lui dire. Après tout, je l'aime encore beaucoup, et je ne veux pas lui faire plus de peine qu'il n'est nécessaire. »

« Oh, Jimmie, encore ta conscience ! Alors tu l'aimes toujours — qu'est-ce que ça veut dire " aimer " ? Tu lui as donc fait de la peine — mais c'est ça l'amour, faire de la peine et en avoir. Crois-moi, je le sais. »

Ils avaient déjà eu cette conversation, et plus d'une fois James avait été amené à se demander si Ned avait un jour eu de la peine, ou bien si c'était toujours lui qui en avait fait.

« J'ai dû faire de la peine tant de fois », continua Ned. « Oh, Jimmie, on se sent déchiré ! »

« L'autre aussi doit quelquefois se sentir déchiré », observa James avec un cynisme qui ne lui était pas habituel. « J'irai la voir demain. »

Pendant quelques instants, Ned eut l'air presque inquiet, mais l'ombre disparut bientôt de son visage. James ne ferait pas exception à la règle : personne ne se lassait de Ned avant qu'il ne se lasse lui-même.

Debout sur le pas de la porte à attendre que Léonora ouvrît, James se sentait nerveux. Il avait laissé ses clefs au magasin, sinon il aurait pu se glisser jusqu'à l'appartement et prendre un verre pour se donner du courage. Mais il était quatre heures de l'après-midi et Léonora aurait pu trouver curieux qu'il eût l'air d'avoir bu à cette heure du jour.

« James chéri ! » s'exclama-t-elle.

« Oh, Léonora... » Il n'y avait eu qu'une fraction de seconde d'hésitation et ils s'étaient embrassés ; un instant, il sembla que tout pouvait aller bien de nouveau.

Mais quand ils commencèrent à parler, il fut évident que les choses n'étaient pas ce qu'elles avaient été. La conversation était malaisée. Léonora demanda poliment des nouvelles de Ned et apprit qu'il allait bien ; elle voulut savoir si sa thèse avançait, ce dont James ne semblait pas être sûr. Puis James se dit qu'il fallait que Léonora sût qu'il avait trouvé un nouvel appartement, ce qu'elle savait évidemment. Elle comprit aussi qu'il était venu convenir avec elle du jour où l'on déménagerait ses meubles.

Pendant tout ce temps, ils se regardèrent à peine. James vit que Léonora sortait de chez le coiffeur et qu'elle portait une robe bleu foncé qui lui était inconnue. Une broche Georges V en émaux et strass — son dernier cadeau — était épinglée au col. Léonora remarqua que James avait besoin de se faire couper les cheveux — ou bien les portait-il plus longs maintenant ? — et qu'il avait autour du cou un petit foulard de soie qu'elle lui avait donné aux premiers jours de leur amitié. Ils n'avaient eu que quelques regards, rapides, soupçonneux presque, pour observer tout cela. Ils ne s'étaient pas regardés dans les yeux pour voir ce qui s'y trouvait. Ni l'un ni l'autre ne semblait en avoir la force.

« Humphrey a dit qu'il s'en occuperait », dit Léonora, « je veux dire du déménagement. »

« Je suis tout à fait capable de m'occuper de mon propre déménagement », dit James, content de trouver en son oncle un exutoire à sa culpabilité.

« J'ai fait arrêter le lait il y a quelque temps », dit Léonora, « mais au début, il continuait à être livré, et je ne savais pas quoi faire. »

« Je suis désolé, j'aurais dû vous avertir, enfin... » bredouilla James. Il lui semblait qu'il n'y avait que les femmes pour penser à quelque chose d'aussi trivial que faire arrêter le lait en pleine affaire de cœur.

« Oh, ça n'a rien été. Liz a toujours besoin de beaucoup de lait pour les chats. Elle me l'a payé. »

« Il faut que vous veniez voir mon nouvel appartement bientôt », dit James.

« Oui, bien sûr », dit Léonora, détournant la tête.

Il y eut un silence assez long. James avait terriblement peur qu'elle ne se mît à pleurer ou fît une scène quelconque.

« Oh, Léonora », commença-t-il, « ce n'est pas que je n'aie pas d'amour pour vous... »

Léonora leva les yeux vers lui, interloquée. Le mot « amour » n'avait encore jamais été mentionné entre eux.

« Je vous aimerai toujours », continua James. Il n'arrangeait pas les choses, tant s'en faut, le mot « toujours » avait quelque chose de si définitif ; ç'aurait tout aussi bien pu être « jamais ».

« Cher James, vous êtes vraiment stupide », dit-elle d'un ton froid. « Vous savez que je n'ai jamais voulu vous empêcher d'avoir vos propres amis — après tout je ne suis pas un monstre. Vous avez aimé Phoebe, et maintenant vous aimez Ned. Quand Ned repartira en Amérique, comme il le fera sans doute en temps voulu, vous aimerez quelqu'un d'autre. »

« Mais Léonora, je ne suis pas comme ça.

Si seulement je pouvais expliquer... » James hochait la tête, à bout de ressources.

« Et maintenant, James, il faut vraiment que je vous mette à la porte — je dîne avec un vieil ami italien ce soir, et je veux prendre un peu de repos. »

Elle ne le regarda pas partir, mais attendit que sa voiture démarrât avant de monter prendre des forces et se faire élégante pour le comte, qui aimait manger de la tourte au bœuf et aux rognons et boire de la Guinness quand il était à Londres. Elle n'éprouva rien de plus qu'un soupçon de satisfaction lorsqu'elle se rappela le visage peiné de James, mais elle était plutôt fière d'avoir eu le courage de le traiter comme elle l'avait fait. Entendre le mot « amour » prononcé à haute et intelligible voix eût été trop pour quelqu'un comme, disons, cette pauvre Meg.

La veille du déménagement de James, Léonora profita d'une invitation de vieille date à passer quelques jours avec les Murray dans leur maison de campagne. Elle les avait toujours plutôt méprisés, et bien sûr novembre n'était pas le moment idéal pour quitter Londres, mais elle savait qu'ils avaient tout le confort moderne, et Joan avait organisé le vendredi soir une réception qui pourrait être assez amusante. Humphrey et James surveilleraient le déménagement des meubles le samedi, et Liz avait promis de venir s'assurer que tout allait bien après leur départ.

Le voyage en train dans un confortable compartiment de première classe ne fut pas sans apaiser le trouble de Léonora. Il n'y avait que trois autres voyageurs, deux hommes à l'air important, occupés à sortir des papiers de leur serviette et à les y remettre, et une jeune femme profondément absorbée par un livre de poche à couverture pornographique. Léonora fut la seule personne à répondre à l'appel du thé, et elle se trouva placée à une petite table près de la fenêtre déjà occupée par quelqu'un d'autre.

Elle était assise les yeux baissés, comme le font certaines femmes lorsqu'elles font face à un inconnu. Léonora ne faisait pas confiance au genre d'homme qu'on pouvait rencontrer dans les trains, bien qu'elle eût été plus audacieuse dans sa jeunesse. Elle avait emporté un livre — *In Memoriam* de Tennyson, dans une édition reliée en cuir assez agréable — qu'elle ouvrit aussitôt et essaya de lire, mais elle eut du mal à se concentrer ; il y avait les efforts qu'elle faisait pour verser le thé dans les secousses du train, et le fait que *In Memoriam* n'était peut-être pas le genre de lecture que l'on aurait choisie pour un repas pris dans des circonstances difficiles. Son intention était en fait de le lire au lit chez les Murray, de préférence pendant les heures où elle ne trouverait pas le sommeil.

Elle réussit à se servir la première de l'unique pot de lait et passa sans dommages l'épreuve de la petite théière. Puis on apporta des toasts chauds beurrés et il fallut décider de ce qu'on allait mettre dessus.

« Voulez-vous de la confiture ? »

L'inconnu en face lui offrait de se servir d'abord. Il lui tendit sur une assiette les petits pots de confiture d'un air encourageant. Elle leva les yeux et vit que c'était un très beau pasteur.

« Je ne sais pas... » Léonora était habituée à ce que les hommes proposent quelque chose ou choisissent à sa place dans les restaurants, mais peut-être qu'aujourd'hui ce n'était pas tout à fait la même chose.

« Jaune, rouge, vert, ou violet ? »

« Que recommanderiez-vous ? »

« Cela dépend. Peut-être que quelqu'un qui lit Tennyson pencherait pour le violet ? » suggéra-t-il, d'un air de galanterie.

« Oui, violet, je pense ; le rouge et le jaune feraient fausse note. » Elle sourit et leva les yeux vers lui. Avec les pasteurs, quelle que soit leur beauté, il n'y avait pas de risque, semblait-il, mais cela était peut-être bien une idée dépassée. Il n'y aurait rien de mal à flirter un peu avec lui, comme seules les personnes d'un certain âge le faisaient encore aujourd'hui.

Il s'avéra qu'il allait à Malvern — son frère y était directeur d'école. Il laissa entendre, sans le dire vraiment, qu'il était dommage que Léonora ne descendît pas à Malvern elle aussi.

« Je descendrai à Moreton-in-Marsh où mes amis viennent m'attendre », expliqua Léonora.

« Hélas... » Il sourit.

« Ensemble ? » l'employé du wagon-restaurant leur tournait autour, prêt à faire l'addition.

« Non, séparément », s'empressa de dire Léonora.

Il avait trop de tact pour tenter de payer le thé de Léonora ; c'eût été bien audacieux. décida-t-elle. Alors qu'elle s'en retournait dans le balancement du train — il venait de regagner son compartiment de deuxième classe — elle se sentit encouragée par ce petit épisode. Elle était encore belle, encore « désirable », si le terme n'était pas trop fort. Elle pourrait tirer parti de cette rencontre quand Joan la ramènerait de la gare.

Mais dans la voiture, Joan l'ennuya avec ses histoires : elle devait passer dans un salon de thé tenu par une femme qui avait promis de faire des vol-au-vent pour la réception, et ils n'étaient pas prêts lorsqu'elle y était passée plus tôt. Et Dickie apportait du caviar qu'il fallait étaler sur des biscuits. Et, est-ce que cela n'ennuyait pas Léonora, mais elle n'avait pas encore eu le temps de faire son lit.

Léonora était assise dans la voiture, quelque peu contrariée, se demandant pourquoi elle était venue. C'était de mauvais augure, ce lit qui n'était pas encore fait, comme si on ne l'attendait pas vraiment. Elle avait besoin que l'on s'occupât *bien* d'elle ce week-end.

Quand ils arrivèrent à la maison, elle reprit un peu espoir. Dickie ouvrit une bouteille de champagne pour la réconforter après le voyage, et la chambre qu'ils lui avaient préparée était calme et donnait sur le jardin. Pendant que Joan était sortie, quelqu'un avait fait le lit, et il y avait des fleurs dans un pot lustré rose sur la table de chevet. *In Memoriam* allait tout à fait bien avec les jolis objets victoriens qui ornaient le manteau de cheminée et la coiffeuse. Pendant qu'elle se changeait, Joan entra dans la pièce, sous le prétexte qu'il fallait lui remonter sa fermeture éclair, mais en fait pour demander à Léonora des nouvelles de James.

« Ma chère, c'est ce que nous avons entendu dire — est-ce possible ? »

Par bonheur, la sonnette de la porte d'entrée retentit avant que Léonora n'ait vraiment parlé de James. Se trouver au cœur d'une réception ne lui avait jamais posé problème, et elle entra dans la pièce avec son assurance habituelle. Mais finalement, les amis des Murray étaient particulièrement inintéressants, et Léonora comprit alors que dans son état de fatigue elle n'aurait pas pu faire l'effort nécessaire à une conversation brillante, même si elle l'avait voulu. Au bout d'un certain temps, elle échoua sur un sofa où était assise une femme seule vêtue d'une robe d'un bleu vif, qui, Dieu sait pourquoi, s'accrocha à elle et ne cessa de la regarder d'un air critique.

« Je vois que vous venez de Londres. Vous avez l'air complètement lessivé. »

Le visage rougeaud et tout en dents de la femme ne donnait pas cette impression-là, c'était certain ; un bref coup d'œil suffit à convaincre Léonora qu'il valait encore mieux avoir l'air « lessivé », si tant est que cela veuille dire quelque chose.

« Que faites-vous ? » demanda la femme. « Joan ne m'a-t-elle pas dit que vous travailliez à la B.B.C. ? Si seulement ils donnaient un peu moins de cette horrible musique pop. »

Léonora lui apprit avec froideur qu'elle n'était pas à la B.B.C., et qu'elle ne travaillait pas.

« Vous voulez dire que vous ne faites *rien* ? »

« On a sa vie. »

« Mais vous pourriez faire un travail bénévole, non ? »

La question ne valait pas la peine qu'on y répondît, mais le silence de Léonora permit à la femme d'énumérer toutes les choses qu'elle pouvait faire — travail en hôpital, personnes âgées, enfants handicapés mentalement, personnes seules, il y avait tant de personnes seules...

« Alors, Ba », dit Dickie en venant à la rescousse, « tout le monde s'en va. Si vous vous dépêchez, les Fosdyke vous reconduiront. »

« Mon Dieu, c'est bien l'heure ? » La femme, maintenant identifiée sous le nom de « Ba », se leva et se rua littéralement dans l'entrée.

Soudain, tout le monde était parti.

« Cette chère Ba », dit Dickie, « toujours la première arrivée et la dernière à partir. Désolé que vous soyez restée coincée avec elle, Léonora. »

Léonora lui adressa un faible sourire de pardon, mais il n'y avait point de pardon dans son cœur. Comment avait-il pu laisser cela se produire ?

« Cette pauvre Léonora », dit Dickie lorsque, bien plus tard, lui et Joan lavaient les verres. « Elle n'a pas l'air d'avoir tout à fait son entrain habituel. »

« Mais elle est toujours si élégante, et elle avait une robe vraiment très jolie », dit Joan avec loyauté, « elle n'a simplement pas eu de chance d'échouer avec Ba. »

« Elle est si froide et inhumaine, enfin », dit Dickie, « j'ai toujours envie de... ».

« Allons, chéri, ne sois pas infect avec Léonora », dit Joan avec un gloussement ravi.

« Mais imagine que quelqu'un... C'est en

fait exactement ce dont elle a besoin. Tu crois qu'Humphrey l'a déjà fait ? »

« Les imaginer — non, je ne peux pas... » Joan était à présent secouée d'un rire étouffé, si bien que Léonora, au lit dans la pièce au-dessus, entendit quelque chose qui ressemblait presque à des sanglots venir de la cuisine. Puis, bien sûr, elle comprit que c'étaient des rires — Joan et Dickie qui faisaient les imbéciles, comme souvent. Elle regrettait maintenant d'être venue, mais il avait semblé préférable de ne pas être là quand les meubles de James seraient déménagés. Pourtant, allait-elle pouvoir dormir ce soir ? le lit, bien que confortable, n'était pas le sien, et lorsqu'elle leva les yeux, il y avait de l'obscurité là où elle espérait voir la fenêtre.

Le jour suivant, Léonora eut une de ses migraines. Elle ne put rien faire d'autre que rester couchée dans ce lit étranger, somnolant par à-coups, vomissant, puis s'assoupissant de nouveau, sa tête douloureuse pleine des meubles de James montant et descendant l'escalier, chaque meuble devenant une sorte de motif qui dansait dans sa tête, lui donnant l'impression qu'elle allait éclater. De temps en temps, Joan montait l'escalier sur la pointe des pieds, passait un visage coupable par la porte, et demandait si elle voulait quelque chose. Une fois, elle entendit Dickie chanter, mais seulement pour se faire vertement rappeler au silence. Elle savait qu'elle avait assombri l'atmosphère de la maison et qu'ils ne l'inviteraient plus jamais, mais elle se sentait trop malade pour en être affectée.

Ce ne fut que le soir que la douleur et les nausées la quittèrent ; elle essaya de s'asseoir, se rendit compte qu'elle n'avait plus mal à la tête, et elle fut capable de boire une tasse de thé léger. Dans son soulagement à se sentir bien de nouveau, d'autres choses semblaient également aller mieux. Dickie avait promis de la reconduire à Londres le lendemain ; elle avait presque hâte de reprendre en main les fils de sa vie.

XXII

Noël approchait à grands pas. Il était revenu, inexorable, avec les embarras qui l'accompagnent et qui cette année semblaient plus nombreux qu'à l'ordinaire. Ned allait être obligé de le passer à Oxford avec ses amis, qui étaient un peu offensés qu'il les eût négligés. Le soir qui précéda son départ, James l'emmena dîner à Chelsea pour lui donner son cadeau de Noël, une paire de boutons de manchettes très chers. Il n'avait pas eu trop de mal à faire son choix, car tout ce que Ned demandait d'un cadeau était qu'il coûtât beaucoup d'argent à celui qui le faisait. Celui de Léonora avait posé plus de problèmes. Le supplément en couleurs du journal du dimanche ne donnait aucune idée de cadeau à faire à une femme plus âgée avec qui on avait conscience d'avoir mal agi. Tout ce qui ressemblait aux vieux « gages d'amour » victoriens semblait inapproprié, et James finit donc par choisir un livre de reproductions de peinture victorienne. Il était sûr que Léonora serait déçue ; même si elle ne laissait rien paraître sur son visage, le ton de sa voix la trahirait lorsqu'elle le remercierait, comme l'avait fait la voix de Miss Caton quand il avait ouvert le livre de poésie que Phoebe lui avait envoyé pour son anniversaire. Comme cadeaux, les livres manquaient de piquant et de mystère, Dieu sait pourquoi. Il fut soulagé d'apprendre qu'Humphrey lui offrait une paire de boucles d'oreilles en améthyste, et il espéra que le cadeau de son oncle compenserait d'une certaine manière la déception causée par le sien, mais il savait que cela ne serait pas le cas. James allait aux sports d'hiver comme d'habitude avec ce qu'Humphrey appelait un « groupe de jeunes » ; formulée ainsi, la chose semblait bien loin d'Humphrey et de Léonora.

« Que faites-vous le jour de Noël ? » demanda Humphrey. « Nous pourrions le passer ensemble si vous voulez. »

« Merci, cher Humphrey — mais je me sens toujours coupable vis-à-vis de cette pauvre Liz dans ce genre de circonstances. C'est presque un devoir que de lui offrir un repas de Noël. Elle est toujours là avec ses chats et les souvenirs malheureux de son goujat de mari pour toute compagnie, on a le sentiment... »

Humphrey avait toujours pensé que Liz avait l'air parfaitement satisfaite à sa façon, mais il fut soulagé de n'avoir pas à inviter Léonora ; il aimait passer cette journée tranquillement à son club, dormir et jouer au bridge.

Le soir de Noël, Léonora fut invitée à dîner chez Meg. Il y avait du poulet froid, et Colin, momentanément sans attache et sous son jour le plus aimable, avait fait une salade spéciale juste comme celles qu'il servait au snack-bar.

« C'est si différent de l'année dernière », murmura Meg à Léonora quand Colin fut sorti de la pièce. « Quels moments terribles... J'ai cru qu'il ne reviendrait jamais, mais il est revenu. »

Léonora aurait pu lui accorder que ce Noël n'était pas le même pour elle non plus, mais elle ne souhaitait pas discuter de sa situation avec Meg. Bientôt une nouvelle année commencerait, au cours de laquelle Ned retournerait en Amérique.

Janvier fut maussade et sombre, et l'attente s'avéra moins facile que Léonora ne l'avait escompté. Chaque jour qui passait rendait le départ de Ned plus proche, mais en même temps il semblait élargir le fossé qui s'était creusé entre elle et James. Alors que le mois s'écoulait, il devint évident que James l'avait complètement « laissée tomber ». Humphrey faisait à peine mention de lui maintenant ; c'était comme s'il était mort ou n'avait jamais existé. Les jours paraissaient longs et vides de sens, et Léonora se mit à regretter d'avoir abandonné son métier, car un travail routinier aurait au moins rempli la plus grande partie de ses journées. Mais elle n'avait pas l'énergie et l'élan qu'il lui aurait fallu pour trouver une occupation ; elle se rappela cette horrible femme — était-ce « Ba » ? — qu'elle avait rencontrée chez les Murray, et son impertinence quand elle lui avait parlé de l'utilité des travaux bénévoles que l'on trouvait. Mais quand Léonora en vint à les considérer, ils avaient tous quelque chose qui n'allait pas : comment pourrait-elle travailler pour l'Eglise alors qu'elle ne voyait jamais les églises que de loin, ou bien travailler pour les personnes âgées quand elle les trouvait ennuyeuses et physiquement repoussantes, ou encore avec des enfants handicapés quand leur seule pensée était si démoralisante ?

Humphrey, sentant qu'elle était déprimée, lui proposa de chercher un nouveau locataire pour l'appartement ; de toute évidence, James ne reviendrait jamais, et elle se sentirait moins seule avec quelqu'un dans la maison. Cela pourrait même être une façon de s'occuper. Il pensa à une femme sympathique de son âge, ou bien une étudiante, ou même un jeune couple, mais Léonora ne se sentait capable de supporter aucune de ces personnes. Une autre femme allait mettre en péril son indépendance, et l'on ne savait jamais ce que vous réservait une « étudiante ». Quant au jeune couple, ils auraient probablement un bébé, et elle n'allait certainement pas s'accommoder de cette chose-là.

En fin de compte, Léonora oublia le vide de l'appartement et cessa d'y monter comme elle le faisait parfois juste après le départ de James. Elle avait toujours aimé les choses autant que les gens, et maintenant elle passait des heures à s'occuper de ses objets, lavant les porcelaines et nettoyant l'argenterie avec un soin maniaque, les changeant de place dans sa maison. Le choc qu'elle avait eu en découvrant que James avait pris le miroir en bois fruitier l'avait bouleversée plus que de raison, et Humphrey avait cherché partout pour lui en trouver un autre. Les femmes sensibles étaient parfois vraiment très agaçantes, avait-il pensé ; si encore ce miroir avait eu une valeur particulière ! Finalement, il avait réussi à en trouver un qui ressemblait passablement à celui de James, d'un joli dessin mais en piteux état. Léonora s'était donné beaucoup de peine, le cirant et lui restituant sa beauté avec un soin amoureux. Pourtant, lorsqu'elle y plongeait son regard, l'image qu'il lui renvoyait était différente de celle du miroir de James, où elle semblait fascinante et sans âge. Maintenant son image lui causait du déplaisir, car son visage avait l'air desséché et presque vieux. Ou bien commençait-elle vraiment à avoir cet air-là ?

Son amour des beaux objets l'amena de nouveau à faire des excursions solitaires dans les salles des ventes. Elle se plongeait dans les livres de fleurs chez Sotheby, mais ne pouvait se résoudre à faire des enchères ; elle ne pourrait jamais espérer avoir autant de chance que cette première et unique fois. Puis elle allait chez Christie pour voir ce qui s'y trouvait. Elle faisait tout cela à l'insu d'Humphrey, choisissant les moments où il était peu vraisemblable qu'elle le rencontrât, car au fond d'elle-même il y avait l'espoir qu'elle tomberait sur James à l'improviste. Mais cela n'arriva jamais.

Par une matinée particulièrement froide à cette époque de l'année où l'on a l'impression que l'hiver ne finira jamais, elle examinait des bijoux chez Christie — de belles pierres dans des sertissages de l'époque edwardienne et des années 20, le genre de choses dont elle et James avaient si souvent ri, les imaginant sur leurs propriétaires dans des circonstances d'une splendeur inimaginable — lorsqu'elle comprit toute l'étendue de son malheur. Sa gorge lui faisait mal et elle avait des larmes dans les yeux, pas seulement pour elle-même, mais aussi pour les propriétaires des bijoux, vieillissants maintenant ou même vieux, morts peut-être pour certains. Elle ne put rien faire que sortir de la pièce aussi calmement que possible, descendre le large escalier et aller dans la rue. Elle se sentait perdue, ne sachant pas quoi faire ni ou aller, et elle se mit à marcher sans but. Elle dut heurter quelqu'un, car elle eut conscience qu'une femme lui faisait des excuses d'une voix bien élevée qui renfermait une note de surprise, comme si Léonora avait eu un comportement bizarre. Il fallait à tout prix éviter de se donner en spectacle, pensa-t-elle en se ressaisissant et en poursuivant son chemin, jusqu'au moment où elle se trouva devant un café.

Elle dut rester assise à une table plusieurs minutes avant de se rendre compte que c'était un self-service et qu'elle y était aussi venue avec James. Bien sûr, il était toujours allé chercher le café, mais maintenant il lui fallait aller au comptoir et le prendre elle-même. Ce n'était pas du tout le genre de choses qu'aimait Léonora, bien qu'elle eût volontiers accepté d'aller au snack-bar de Colin avec Meg à l'occasion, et quand elle eut pris sa tasse et fut revenue à sa table, elle remarqua d'autres choses qui la bouleversèrent.

La femme d'un certain âge qui débarrassait la vaisselle sale avait l'air encore plus vieux et plus fragile que lorsqu'elle était venue avec James. Léonora se souvint qu'il l'appelait « la comtesse polonaise » ; ses traits nobles donnaient une impression d'usure, et il y avait quelque chose d'inquiétant dans la manière qu'elle avait de se parler à voix basse avec un accent étranger. Dans l'esprit de Léonora, il semblait y avoir une relation entre la vieille femme et les bijoux qu'elle venait de voir. Pour comble, elle laissa tomber avec fracas un lourd plateau sur la table de Léonora ; il y avait dessus non seulement des tasses, des soucoupes et des assiettes sales, mais toutes sortes de détritus de nourriture — des croûtes de pain, des morceaux de salade et de tomates, les restes d'un gâteau à la crème et même des mégots écrasés — c'était vraiment trop dégoûtant.

« S'il vous plaît, enlevez ce plateau d'ici », dit Léonora, d'une voix glaciale.

« Il faut bien que je le mette quelque part, Madame », grommela la vieille femme.

Il y eut un silence hostile pendant lequel Léonora eut conscience que sa place à elle aussi était avec ces bijoux tristes, cette vieille femme, et cet air qu'ont les choses qui ont connu des jours meilleurs. Même les croûtes abandonnées, les gâteaux à la crème abîmés et les mégots de cigarettes avaient leur sens. La femme, grommelant toujours, enleva le plateau et le posa lourdement sur une autre table où un homme qui s'apprêtait à attaquer un pet de nonne avec couteau et fourchette — les instruments qu'on lui avait fournis sans doute — fit frissonner Léonora. Elle détourna la tête et se blottit dans son manteau ; elle se sentait avilie, diminuée, écrasée et foulée aux pieds, oui « arrivée à un certain stade de délabrement ». Je suis absolument seule, pensa-t-elle.

Par bonheur, être « absolument » seul est une chose rare. Léonora croyait l'être parce que James l'avait quittée. Mais en fait, elle n'aurait pas pu dire combien d'amis elle avait encore, comme Humphrey et les admirateurs âgés qui lui offraient des repas coûteux, sans parler des femmes qu'elle fréquentait. Elle aurait presque préféré ne pas les avoir du tout. Elle fut donc consternée autant que surprise quand une femme, une tasse de café à la main, s'assit à sa table et s'exclama : « Mais, c'est Léonora ! »

Léonora ne pouvait guère feindre de ne pas reconnaître sa cousine Daphné, bien qu'elles se vissent rarement.

Manteau de tweed et chapeau de fourrure fort élégants, mais les bottes en peau de mouton font gauche et paysan, se dit Léonora automatiquement.

« Quelle bonne surprise de te rencontrer comme ça », continua Daphné. « Je suis juste venue passer la journée pour voir l'exposition à l'Academy. »

Quelle façon délibérée d'être cultivée, venir à Londres dans ce seul but, pensa Léonora, retrouvant quelque peu son dédain habituel. Malgré tout, Daphné était une femme généreuse, et peut-être qu'en vieillissant on pouvait trouver du bon à la générosité.

Léonora découvrit qu'elle avait assez envie d'accepter son invitation à déjeuner à son club.

C'était un peu décourageant de voir tout à fait autant de femmes rassemblées en un seul lieu. Daphné n'excusa pas — et comment le pouvait-elle ? — l'absence d'hommes ; du reste, il y en avait quelques-uns éparpillés dans la salle à manger, l'air remarquablement à l'aise ainsi entourés.

« Il semble que la ségrégation soit passée de mode maintenant », dit Daphné en réponse à une remarque de Léonora, « et pourtant on aime assez avoir un endroit à soi. »

Au cours du repas, Léonora fut prise d'un

désir absurde de se confier à Daphné. Le vin avait sans doute dû émousser sa retenue, mais elle prit garde de boire avec modération, voyant dans la sympathie qu'elle commençait à éprouver pour sa cousine un signal de danger.

« Tu as eu la grippe cet hiver ? » demanda Daphné gaiement. « Il y en a eu beaucoup. »

« Oui, je n'ai pas été très bien », dit Léonora évasivement.

« Peut-être as-tu besoin de quelque chose pour te remettre d'aplomb », dit Daphné. « Du vin tonique Sanatogen, j'ai vu la publicité dans le métro en attendant un train. Ça contient du fer, tu sais. »

Léonora lui lança un regard surpris, mais il n'y avait pas trace de moquerie dans sa voix.

« Ou bien du Wincarnis », ajouta-t-elle, « comme en prenaient nos mères. »

La mère de Daphné, tante Hilda, mais certainement pas la mère de Léonora, avec son jeune amant italien dont on n'avait pas jugé bon de parler à l'enfant qu'était Léonora.

Il restait un peu de vin dans la demi-bouteille de Chablis qu'elles avaient bue avec leur poulet. Daphné le versa dans le verre de Léonora. Il avait l'air bien pâle comparé à la richesse du vin tonique qu'elle imaginait.

La serveuse leur apporta le menu pour qu'elles choisissent un dessert. Comme on pouvait s'y attendre, Léonora secoua la tête, presque avec dégoût. Daphné, qui avait peut-être espéré le gâteau roulé à la confiture qu'ils faisaient si bien au club, secoua également la tête d'un air de regret et murmura, « nous prendrons seulement du café, merci. »

« Tu vis seule, n'est-ce pas ? », dit Daphné, s'installant confortablement dans l'un des fauteuils de cuir pour tout un après-midi de menus bavardages intimes, semblait-il. Léonora fit signe que oui.

« Ne te sens-tu pas seule quelquefois ? »

« Non, jamais. »

« Bien sûr, tu as des tas d'amis à l'étranger, n'est-ce pas, tu y as si longtemps vécu. Je me demande pourquoi tu n'essaies pas d'échapper à l'hiver anglais. »

Léonora se vit « à l'étranger », assise à une table de marbre avec une boisson fraîche, observant les gens à travers ses lunettes fumées. Ou bien ouvrant ses persiennes après une sieste et se tenant sur un balcon à regarder des toits au loin, avec peut-être un petit morceau de mer au milieu. Ou bien rendant visite à des amis de la famille, vieux maintenant, qui se souviendraient de ses parents et d'elle enfant. Elle se trouvait mieux dans sa propre maison à s'occuper de ses objets et à attendre James.

« Je trouve la vie à Londres plus amusante », dit-elle.

« Oh, eh bien... » Manifestement la conversation commençait à languir. Léonora remercia Daphné pour le déjeuner et espéra même avec elle avoir l'occasion de renouveler un jour l'expérience. Elles se séparèrent dans la rue sans être sûres qu'elles se reverraient un jour.

Léonora prit la direction de Fortmum et Mason, entra machinalement dans ce grand magasin. Elle voulait sentir la douceur des moquettes sous ses pieds et se mouvoir parmi les flots de foie gras et les bocaux de pêches au cognac. Un club de femmes — bien qu'il eût été gentil de la part de Daphné de l'y inviter — comment pouvait-on supporter un endroit pareil ? On ne se sentait vraiment pas à sa place dans de tels lieux.

« Taxi, madame ? » Le portier, avec la sollicitude que ce genre de personnes manifestaient toujours à Léonora, tenait un parapluie au-dessus d'elle, car quelques flocons de neige commençaient à tomber.

« Oui, merci. » Léonora lui sourit.

La neige était épaisse maintenant, et quand elle arriva chez elle le petit patio était presque couvert. Léonora sortit pour le regarder et à ce moment-là l'un des chats de Liz s'approcha d'elle en miaulant, se frottant contre ses jambes. Comment avait-il pu venir de la porte d'à côté ? se demanda-t-elle. Elle essaya de le refaire passer par-dessus le mur, mais l'animal ne voulait pas partir et continuait à s'enrouler autour d'elle en poussant des gémissements lugubres. Que voulait-il ? Elle avait le sentiment qu'il fallait lui dire quelque chose, mais elle n'avait jamais su distinguer les chats de Liz les uns des autres, et « Minet » semblait être une façon bien faible et inadéquate de s'adresser à lui. Alors qu'elle se posait ces questions, Liz s'avança vers le mur de son air affairé : « Oh, le voilà », dit-elle. « Je me demandais ce qui lui était arrivé. » On ne souhaitait pas tellement ressembler à ces gens qui comblent le vide de leur existence avec un animal, pensa Léonora en rentrant dans sa maison.

XXIII

Ned s'ennuyait. Il avait été amusant de voir s'il pouvait éloigner James de Léonora — bien que l'issue n'eût jamais fait de doute : quand avait-il échoué dans une telle entreprise ? — mais maintenant qu'il avait réussi, qu'allait-il faire de James ? Jimmie était un gentil garçon, mais avec le temps, l'innocence et la naïveté qui avaient d'abord attiré Ned étaient devenues lassantes, pitoyables presque, et lui et James semblaient avoir de moins en moins de choses en commun. Jimmie n'était pas très intelligent, il n'avait pas tellement le sens de l'humour, et sa façon d'être toujours dans vos « pattes » commençait à être agaçante.

Un soir, ils étaient au théâtre et pendant l'entracte James alla au bar pour chercher des rafraîchissements. Tout en l'attendant, Ned promenait son regard sur la foule, et il le posa finalement sur un jeune homme brun qui se trouvait seul, à attendre lui aussi qu'on lui apportât à boire. Leurs regards se rencontrèrent, ils se dirigèrent l'un vers l'autre, ils prirent rendez-vous pour le lendemain, et voilà. Ç'avait été une rencontre romanesque toute simple comme celle de Ned et de James au bureau de poste en Espagne. A partir de là, Ned dut avoir recours avec James à quelques petites supercheries — ne répondant pas toujours au téléphone, déguisant sa voix d'une façon ou d'une autre, en prenant un accent étranger par exemple. Il était surprenant de voir avec quelle facilité James se laissait duper, et Ned finissait par en arriver à la conclusion qu'il était peut-être tout simplement assez stupide. Par exemple, ne garder *aucun* contact avec Léonora — Ned n'avait pas voulu qu'on en arrive là. Il fallait savoir se défaire d'une amie avec douceur mais fermeté lorsque c'était nécessaire, mais on devait faire preuve d'habileté.

« Mon cher Jimmie », dit-il, un soir où ils étaient ensemble, « tu ne vas pas me dire que tu ne l'appelles jamais ? »

« Tu as dit que c'était la meilleure solution », dit James froissé, « et les dernières fois que nous nous sommes vus, c'était si difficile, il semblait que nous n'avions rien à nous dire. Bien sûr, je l'ai vue avec Humphrey de temps en temps, mais je n'ai pas été en contact avec elle depuis Noël. »

« Depuis Noël ? Oh, Jimmie, en être arrivé là ! Léonora t'était si dévouée, et c'est moi que tu dis cruel ! »

« Mais, elle n'a pas essayé de me contacter », dit James, sur la défensive, « et mon oncle la voit très souvent. Il me préviendrait s'il y avait quoi que ce soit. »

« Et alors que ferais-tu ? »

« Je ne sais pas. Il y a peu de chances que je me trouve dans cette situation de toute manière. »

« Je crois que tu devrais faire quelque

chose. » Les yeux bleus de Ned étaient sérieux et concernés. « C'est simple, ce n'est pas de toi, Jimmie, ce manque de bonté. »

« Eh bien, qu'est-ce que tu proposes ? »

Ned hésita, puis regarda sa montre. « Jimmie, je ne peux rien proposer pour l'instant parce que j'attends cet ami de ma mère dont je t'ai parlé. »

« Très bien, alors, je pars. Est-ce que nous déjeunons ensemble demain comme d'habitude ? »

« Pour midi, je ne sais pas vraiment — je t'appellerai. »

« Je suppose qu'il faut que tu l'amènes voir la Tour de Londres », dit James, s'essayant au sarcasme.

Ned rit. « La collection Wallace, c'est plus probable », dit-il. « Les amies de ma mère sont des dames trrrès cultivées. »

Quand James sortit de l'ascenseur, un jeune homme brun attendait pour y entrer. Leurs doigts se touchèrent un instant alors qu'ils se tenaient mutuellement la grille avec politesse.

James monta dans sa voiture et démarra, il se sentait obscurément inquiet. Quand il arriva chez lui, il se servit un verre et resta assis à regarder autour de lui. Les pièces de son nouvel appartement étaient plus grandes que dans l'ancien et les meubles et les objets y gagnaient ; pourtant il ne l'aimait pas vraiment. Il avait maintenant toute une soirée devant lui et rien n'était prévu, car il avait imaginé qu'il la passerait avec Ned.

« On ne voit pas beaucoup Miss Eyre, semble-t-il, ces temps-ci », dit Miss Caton avec regret. « Maintenant qu'il fait si beau — on se croirait presque au printemps ce matin — peut-être nous rendra-t-elle visite. »

« Oui, Miss Caton, c'est bien probable », dit Humphrey aimablement.

James, qui étudiait un catalogue et cochait les objets à voir, ne dit rien. Il avait songé à contacter Léonora, comme Ned le lui avait suggéré, mais il se sentait incapable d'agir. Un matin, il n'y avait pas si longtemps, il l'avait vue à Bond Street, mais par bonheur — c'était l'impression qu'il avait maintenant — il avait pu s'engager dans une rue perpendiculaire avant de se retrouver en face d'elle. Il aurait juré qu'elle ne l'avait pas vu, mais bien sûr, il ne pouvait pas en être tout à fait certain, et après l'incident il avait été hanté par le doute pendant plusieurs heures. Ce n'était pas qu'il ne voulait pas la voir, mais il éprouvait comme de la honte à l'idée d'une telle rencontre, il était gêné — il n'aurait pas su quoi dire.

« Ce petit panier Rockingham », continua Miss Caton, « je sais qu'il plairait à Miss Eyre. J'ai pensé, tout à fait son style, quand je l'ai vu. Elle est toujours si élégante », ajouta-t-elle, « si bien habillée. » La femme simple qu'était Miss Caton pouvait s'intéresser sans envie aux vêtements d'une personne élégante. Elle se demandait vraiment ce que Miss Eyre avait acheté ce printemps, quelles seraient « ses couleurs ». « On n'irait jamais imaginer qu'elle n'est pas mariée, quelqu'un comme elle », continua-t-elle avec audace, car elle ne s'adressait pas habituellement de cette façon à Humphrey ou à James. Elle se rendit compte qu'elle pouvait leur donner l'impression de prendre des libertés en faisant des commentaires sur Léonora.

« Beaucoup de femmes ne se marient pas », dit Humphrey, « il n'y a rien de surprenant à cela. Ce n'est pas dégradant d'être célibataire — regardez, vous l'êtes bien », ajouta-t-il avec une galanterie involontaire, puis il s'arrêta, stupéfait de ce qu'il avait dit. Mais Miss Caton n'avait pas assez bonne opinion d'elle-même pour réagir à ce compliment implicite et le moment passa sans gêne. Humphrey promit qu'il ferait venir Léonora un jour pour lui faire voir leurs nouvelles acquisitions, et Miss Caton parut satisfaite.

Cet après-midi-là, Humphrey et James allaient ensemble voir les lots que James avait cochés dans son catalogue. James expliquerait ce qui selon lui valait la peine de faire une offre et à combien il serait prudent de monter, alors qu'Humphrey lui dirait pourquoi il n'était pas d'accord avec lui. Ils prenaient d'ordinaire tous deux plaisir à ce jeu, mais James semblait absent et préoccupé cet après-midi-là.

« N'est-ce pas ici qu'habite ton ami américain ? » demanda Humphrey, quand apparut le dôme de Brompton Oratory.

« Oui, on passe juste devant », dit James en détournant son regard. Il s'était rendu compte que depuis peu il se demandait ce que Ned pouvait bien faire à telle ou telle heure, alors qu'avant il le savait toujours.

« Je suppose qu'il va bientôt repartir en Amérique ? »

« Oui, je suppose. »

« Léonora le trouve tout à fait charmant — elle l'a souvent dit. »

« Il semble que Ned plaise beaucoup aux femmes d'un certain âge. »

« Rien d'étonnant à cela. Après tout, Léonora t'aimait — t'aime — beaucoup. »

Ils marchèrent un moment en silence. Humphrey sentait qu'il fallait dire quelque chose à James au sujet de Léonora, mais il ne trouvait pas les mots. Il savait qu'au fond de lui il éprouvait du ressentiment envers son neveu. Au début, quand Phoebe était entrée en scène, Humphrey avait espéré que Léonora se tournerait vers lui ; quand Ned avait succédé à Phoebe, il en avait eu la certitude. Mais le contraire s'était produit, et maintenant même la plaisante amitié des premiers jours avec Léonora menaçait de se gâter. Humphrey avait aujourd'hui le sentiment qu'il était en quelque sorte responsable du comportement de James, et il commençait à se sentir coupable si bien que ses cadeaux à Léonora devenaient plus chers et les bouquets de fleurs qu'il lui offrait plus somptueux, comme s'il voulait se racheter d'une faute qu'il n'avait même pas commise.

« Que s'est-il passé exactement ? » dit-il finalement. « Qu'est-ce qui ne va pas entre toi et Léonora ? »

James regarda son oncle avec surprise. Il devait bien connaître la réponse à cette question ? S'il en était autrement, il était vain de discuter. Il haussa les épaules comme pour mettre un terme à la conversation et ils entrèrent dans la salle des ventes.

XXIV

Léonora adorait le mois de mai — c'était sans doute son mois préféré, avec les tulipes et les iris dans son patio et des échappées de lilas et de cytise aux murs des jardins qu'elle voyait au loin. Cette année encore, elle sacrifia à son rite familier, acheta de nouveaux vêtements et changea son parfum d'hiver sophistiqué pour l'odeur plus légère du muguet. Bien qu'il semblât qu'une partie d'elle fût morte dans le dur et cruel hiver qui lui avait enlevé James, le printemps l'avait comme régénérée, et elle se sentait presque revenue au temps où, jeune fille de la génération de la fin des années 30, elle espérait encore et cherchait — mais trouvait rarement — cette chose qu'on appelle l'amour romantique. A cette époque, elle allait dans l'attente impatiente d'une telle expérience, mais chaque fois qu'elle l'avait sentie toute proche, elle avait reculé : l'inévitable fausse note ne manquait pas d'apparaître. Maintenant, bien sûr, on n'attendait rien de la sorte, on n'attendait rien du tout en vérité, mais lorsque la soirée était belle, Léonora montait parfois dans l'une des chambres de la maison et regardait la route.

Un soir, alors qu'elle se trouvait dans la pièce dont la fenêtre avait des barreaux — ces barreaux au sujet desquels elle et James avaient plaisanté d'un cœur si léger lors de son installation — elle vit un jeune homme qui se dirigeait vers la maison. James n'était jamais venu la voir à pied et elle fut triste de constater qu'elle ne connaissait même pas sa nouvelle voiture, achetée ce printemps, comme le lui avait dit Humphrey.

Léonora voyait très bien de loin, et elle eut reconnu le jeune homme bien avant qu'il n'arrivât à la maison. C'était Ned. Elle fut consternée de l'effet que sa vue eut sur elle — tout lui revint précipitamment. Elle pensa un instant feindre d'être absente, puis son courage naturel la reprit. Ned était toujours un ennemi à combattre. Elle alla dans sa chambre et fit ce qu'il fallait pour être présentable, puis s'assit et attendit.

Ned s'était imaginé marchant le long de cette rue bordée d'arbres dans un soleil de début de soirée, venant annoncer à Léonora ce qu'elle ne pouvait considérer que comme une bonne nouvelle. Il s'était demandé quelles fleurs apporter, et avait finalement opté pour le simple tribut d'un bouquet de muguet, voyant dans la simplicité des fleurs un reflet de lui-même, presque comme si, encore enfant dans le jardin de sa mère en Nouvelle-Angleterre, il les eût cueillies de ses propres mains.

« Ned... » La surprise de Léonora sembla presque authentique, mais Ned aussi voyait très bien de loin et il l'avait aperçue qui regardait dehors alors qu'il approchait de la maison.

« Chère Léonora... » Leurs joues se touchèrent brièvement et pendant un instant le muguet de Léonora se mêla à son Mitsouko.

« De toute évidence, c'est votre fleur », dit-il avançant le bouquet vers elle dans un geste timide, un peu comme un enfant eût offert un bouquet à un personnage royal. « Mais je suppose que votre jardin en est plein — j'aurais dû y penser. »

« Pas du tout — je n'en ai pas et je les aime tant. Elles iront magnifiquement ici. » Léonora commença à disposer les fleurs dans un vase de verre victorien émaillé de myosotis.

« Je me trompe peut-être, mais je sens que c'est James qui vous l'a donné », dit Ned avec douceur.

Léonora ne répondit pas mais s'affaira à offrir des boissons.

« C'est en partie au sujet de Jimmie que je suis venu vous voir. »

« Oh ? » Léonora ne s'était pas encore demandé *pourquoi* Ned était venu ; bien sûr, il y avait forcément un rapport avec James, d'un façon ou d'une autre.

« Vous avez changé la disposition de cette pièce, n'est-ce pas Léonora ? C'est bien. Et vous portez une nouvelle robe qui vous sied tout à fait, et que je ne pense pas avoir déjà vue. » Le regard de Ned s'attarda sur elle, estimant et évaluant tout ce qui la concernait comme lors de sa première visite.

« Qu'alliez-vous dire au sujet de James ? » demanda Léonora lorsqu'elle ne put souffrir qu'il l'observât plus longtemps.

« Oh, Jimmie... » Ned semblait évasif. « Peut-être comprendrez-vous lorsque je vous dirai que je suis venu vous dire au revoir. »

« Vous repartez en Amérique ? »

« Oui, ma mère n'est pas très bien et je pense vraiment que je devrais être près d'elle. »

Ned était assis d'une manière affectée, le regard plongé dans le verre qu'il tenait fermement dans ses petites mains, attendant la réaction de Léonora. Sa vie à Londres était devenue si compliquée récemment — car la rencontre avec le jeune homme au bar du théâtre avait été la première de plusieurs — que la fuite semblait la seule solution possible. Diverses personnes, dont James était la plus importante, seraient ainsi écartées d'un seul coup, car aucune n'était en situation de le suivre ou même de mettre en doute que sa mère eût besoin de lui.

« Elle est gravement malade, alors ? » demanda Léonora.

L'hésitation imperceptible de Ned, rien de plus que le quart d'une fraction de seconde, lui donna la réponse.

« Je suis vraiment désolée », dit-elle poliment, « mais j'espère que votre séjour à Londres a été profitable — je veux dire, que vous avez pu faire toutes vos recherches sur... » Le souvenir de l'après-midi à la demeure de Keats lui revint et elle s'arrêta. « Vous manquerez à James », dit-elle finalement.

« Non, Léonora, ce ne sera pas le cas. » Ned se pencha vers elle et fit le geste de lui prendre la main, mais elle se déroba.

« C'est ce dont je voulais vous parler. Je ne me doutais vraiment pas que... J'ai été épouvanté d'apprendre qu'il ne vous voyait pas du tout. »

Léonora en fut un instant abasourdie. « Mais vous deviez certainement savoir ? »

« Je jure que non. Je n'aurais jamais pensé

que Jimmie puisse être si... » Ned semblait ne pas trouver ses mots et Léonora ne l'aida pas. « Mais ne voyez-vous pas, *maintenant*, lorsque je serai parti, tout peut redevenir comme avant. Croyez-moi Léonora, si j'avais un seul instant imaginé... Quand Jimmie me l'a dit, je n'en ai pas dormi pendant des nuits. Penser ce que vous avez dû souffrir. »

Léonora ne fit pas de commentaire.

« Je sais que Jimmie adore cette pièce », continua Ned en regardant autour de lui. « Toutes ces jolies choses... Vous lui avez tant manqué, et j'imagine qu'il vous a manqué aussi. »

Léonora essaya de dire quelque chose, mais les mots ne vinrent pas. Il lui fallait toute sa force et sa maîtrise d'elle-même pour retenir ses larmes.

Ned la regardait avec un intérêt froid, il se demandait si elle se laisserait aller, et se préparait à la calmer si c'était le cas. Les larmes, que d'aucuns considèrent comme l'arme la plus puissante d'une femme, ne le touchaient évidemment pas, mais il excellait à réconforter les femmes en pleurs. Il y en avait eu un nombre confortable dans sa vie, de sa mère aux femmes plus âgées et aux jeunes filles qui avaient été assez sottes pour attendre plus qu'il n'était prêt à donner. Il avait vu avec déplaisir bien des visages rouges, contractés et marqués par les larmes, un peu comme Léonora avait vu Meg pleurer pour Colin. Les femmes plus âgées surtout étaient bien déraisonnables de pleurer, c'était le naufrage de leur beauté.

Pourtant Léonora semblait traiter la situation aussi élégamment qu'elle faisait tout le reste. S'il avait espéré la voir s'effondrer, il était déçu. Se pouvait-il qu'elle ne tînt plus à Jimmie après tout ?

« Ma chère, vous n'avez pas à vous soucier de moi », dit-il presque avec bonté. « Il se peut que nous ne nous rencontrions jamais plus. Je veux simplement penser à vous et à Jimmie heureux ensemble dans votre merveilleuse amitié. » Il se sentait généreux et bon en disant cela, et maintenant il le voulait vraiment. Mais son verre était vide ; il eût souhaité que Léonora le remplît et le remerciât de lui rendre James, mais elle n'en fit rien. Son silence était déconcertant. « Il faut lui pardonner », continua-t-il. C'était ce que les femmes devaient faire et faisaient même, pour ce qu'il en savait ; elles passaient sur tout, elles vous reprenaient, par-dessus tout elles pardonnaient.

« Mais James ne m'a pas demandé de lui pardonner. »

« Il ne l'a pas fait ? » Décidément, Jimmie aurait pu lui rendre les choses un peu plus faciles. « Je pense qu'il le fera pourtant, et il ne faut pas que vous soyez trop dure avec lui. S'il venait à vous à genoux, vous lui pardonneriez certainement ? »

Léonora ne dit rien.

« Vous voulez dire qu'il pourrait venir à votre porte et vous ne l'ouvririez pas — vous le laisseriez partir ? Comme dans cette scène à la fin de *Washington Square ?* Léonora, je suis sûr que vous avez lu Henry James, il est tellement votre genre de romancier. »

« Bien sûr qu'on a lu James. » Léonora fourra dans sa manche le mouchoir brodé qu'elle tenait serré et se leva. « Au revoir,

Ned. J'espère que vous trouverez votre mère en meilleure santé à votre arrivée. »

« Ma mère ? Oh merci, très certainement. Et cela me rappelle, je crois qu'il faudra que j'aille chez Liberty chercher des cadeaux pour les dames de ma famille. Que recommandez-vous ? des coupons d'étoffe, je suppose, mais j'ai toujours voulu acheter un de ces hippopotames de cuir pour une tante que je déteste tout particulièrement... » Ned jasait à sa façon habituelle. « J'ai passé un séjour merveilleux à Londres, et ça a été formidable de vous connaître, Léonora. Je suis sûr qu'un jour viendra où vous et Jimmie... » Il regarda par la fenêtre, comme s'il espérait voir James se traîner péniblement vers la maison à genoux comme un des premiers pèlerins catholiques d'Amérique latine.

Dans l'entrée, il jeta un coup d'œil confiant vers l'endroit où était suspendu le miroir en bois fruitier de James, mais l'espace était vide et il fut privé du plaisir de se voir. Il se tourna vers Léonora et l'embrassa, puis sortit hâtivement de la maison. Un taxi apparut et il y monta.

Léonora le regarda partir ; elle pensa qu'elle s'était assez bien comportée, peut-être même avait-elle remporté une sorte de victoire, mais cela ne semblait guère avoir d'importance maintenant.

Dans le soleil du soir, on pouvait voir quelques grains de poussière sur ses objets de porcelaine et de verre, et elle décida de les laver. Cela l'occuperait, et le résultat serait une satisfaction. Alors qu'elle soulevait un pichet miniature décoré de fleurs, elle remarqua qu'un pétale de myosotis était écaillé. Comment ne l'avait-elle pas vu plus tôt ? Elle ne pouvait supporter d'avoir dans cette pièce la moindre chose qui ne fût pas tout à fait parfaite, et elle était justement en train de ranger le pichet quand le téléphone sonna.

C'était Meg. Elle se demandait si elle pouvait passer voir Léonora ; elle voulait lui demander quelque chose. Il serait plus facile d'en discuter de vive voix qu'au téléphone.

L'une des choses que James avait enlevées à Léonora était ce plaisir d'être seule qu'elle goûtait avant de le rencontrer. Maintenant elle accueillait presque avec joie les appels intempestifs de Liz ou les bavardages douillets de Meg au sujet de Colin. Elle eut conscience d'avoir l'air très enthousiaste en disant à Meg qu'elle serait contente de la voir.

« Tu as fait quelque chose de nouveau dans cette pièce, non ? » dit Meg en entrant. « Tu as changé le sofa de place, c'est ça ? »

Léonora servit à boire et elles s'assirent. Alors qu'elle prenait une gorgée de gin, elle se rendit compte qu'elle en avait déjà beaucoup bu avec Ned. Elle en avait eu besoin à ce moment-là ; maintenant la tête lui tournait et elle se sentait irréelle comme si elle s'était déplacée dans un rêve.

« Et comment va James ? » demanda Meg bavarde. « J'étais sûre que tu serais sortie avec lui, ou qu'il serait ici, quand j'ai appelé. Il est parti ? Une de ses expéditions sur le continent en quête d'objets pour le magasin ? »

« James est... », commença Léonora. Mais elle se trouva incapable de poursuivre. Les larmes qu'elle avait retenues devant Ned coulaient maintenant, et son corps était secoué de sanglots d'une manière fort embarrassante.

Quelque désemparée qu'elle fût, elle éprouvait pourtant de la honte à ce qui lui arrivait. Il semblait que ce fût la touche d'ironie finale qu'elle s'effondrât précisément devant Meg. Tout en cherchant son mouchoir, elle faisait effort pour se ressaisir, pour trouver quelque explication à cette conduite tout à fait inqualifiable, mais Meg la devança avec des mots apaisants. Elle s'approcha de la chaise sur laquelle Léonora était assise et entoura son amie de ses bras. Léonora, qui trouvait ce contact déplaisant, essaya de s'en défaire mais elle était sans force et ne put pas bouger.

« Ma chérie, je savais ce qui se passait », murmura Meg. « J'avais deviné — au sujet de James. Tu as fait bonne contenance à Noël, mais moi je savais. Il est parti, n'est-ce pas... ? »

Léonora n'eut pas besoin de répondre.

« Ça ressemble tellement à Colin », continua Meg. « Je suis passée par là tant de fois. Mais ils finissent toujours par revenir, tu verras. »

« Non... » Léonora fut surprise de sa propre véhémence. « Ça ne pourrait plus jamais être la même chose. »

« C'est ce qu'on pense sur le moment », dit Meg, « mais tu verras — tout ira bien. Il ne faut pas vouloir que les choses soient parfaites, Léonora, elles ne le sont jamais. »

Léonora, qui commençait à retrouver son sang-froid, voyait maintenant à quel point Meg avait l'air ridicule, agenouillée là sur le sol, même lorsqu'elle exprimait des sentiments aussi nobles et dépourvus d'égoïsme que la nécessité d'accepter les gens tels qu'ils sont et de les aimer quoi qu'ils aient fait.

« Que de larmes versées dans cette pièce »,

dit-elle, retrouvant quelque peu le ton détaché et amusé qui était le sien. « Est-ce le gin, ou quoi ? Laisse-moi te resservir, Meg. Je suis sûre que tu en as besoin. »

« Alors, juste un très léger avec beaucoup de tonic », dit Meg, retournant à sa chaise.

« Tu étais venue me demander quelque chose », dit Léonora, « qu'est-ce que c'était ? »

« Ah, oui. Tu sais l'appartement en haut de la maison — je me demandais si tu avais un nouveau locataire depuis... qu'il s'est libéré. Parce que le frère de Colin cherche un appartement, un si gentil jeune homme, je suis sûre qu'il te plairait, et il serait un locataire modèle. »

« Oh, Meg, je suis navrée mais c'est impossible », dit Léonora de son ton le plus doux. « Je ne sais pas si je me sens d'attaque pour un jeune homme. »

« Cela te ferait une occupation », commença Meg, « je veux dire... Oh Léonora, que va-t-il se passer pour James — et toi — y as-tu pensé ? »

« Tout ira très bien, merci, Meg, et quant à James — qui sait ? Il pourrait même se marier. »

« Tu crois ? Je suis sûre que Colin ne se marierait jamais », dit Meg, avec un rien de supériorité dans la voix.

XXV

Le moment venu, James et Ned se séparèrent plutôt amicalement, après la scène terrible qu'ils avaient eue, où ils s'étaient dit des choses impardonnables et s'étaient jeté des objets à la figure, comme ces coussins de fourrure et, à un moment, un lourd presse-papiers vénitien en verre qui avait manqué de peu non seulement Ned, à qui il était destiné, mais l'immense miroir qui couvrait le mur. Le regard de Ned pétillait — de toute évidence il prenait un plaisir fou à la chose. Une telle scène, bien sûr, n'en était qu'une parmi tant d'autres dont il avait été le protagoniste. James, blessé des infidélités de Ned et des choses qu'il avait dites, y prenait moins de plaisir, d'autant que c'était sa jalousie et sa fierté offensée qui l'avaient provoquée. Par la suite, lorsque ce fut terminé, il sembla que Ned fût redevenu tout à fait lui-même, si bien que James eut l'impression qu'on s'était moqué de lui. « Mon cher Jimmie, c'est la vie — il ne faut pas prendre les choses trop à cœur... » Si Ned était resté, pensa James — mais il fallait qu'il retournât voir sa mère qui, pour n'être pas exactement à l'article de la mort, n'en avait pas moins besoin de lui, et rien ne le ferait changer d'avis. Il avait été amusant de choisir les coupons d'étoffe chez Liberty, sans parler de l'hippopotame de cuir — « Tante Hetty va mourir en ouvrant le paquet » — mais pour finir, la séparation était venue avec le caractère inéluctable de la dernière scène d'une pièce bien construite.

Maintenant, James était en route pour aller voir Léonora. Il semblait que ce fût la seule chose qui restât à faire, et il avait le sentiment qu'elle l'attendrait. L'une des dernières choses que Ned avait faites avait été de le presser d'aller voir Léonora. « Jimmie, elle a besoin de toi », avait-il dit, et James avait l'impression qu'il avait probablement raison, comme d'habitude. Quelque infâme qu'ait été sa conduite — et James était prêt à admettre qu'il avait sans aucun doute fait les choses avec maladresse et de façon blessante — Léonora serait toujours là, comme un point de repère familier, comme une mère, même.

Il ne semblait pas qu'il fût tout à fait du meilleur goût de lui apporter un cadeau ou un bouquet de fleurs. James espérait que sa seule présence suffirait.

« Oh, James... et comme votre nouvelle voiture est élégante — blanche... » Bien qu'elle eût attendu ce moment, Léonora fut surprise lorsqu'elle ouvrit la porte et le vit devant elle.

Devait-il l'embrasser ? Il se posa la question. Ils s'embrassaient toujours dans le passé, mais elle n'eut pas de mouvement vers lui, et il la suivit dans le salon où tout avait l'air changé. Il fit la remarque habituelle sur le fait qu'elle avait transformé la pièce.

« Je suppose que Ned est parti maintenant », dit-elle. « J'imagine qu'il vous manque. »

Elle était si compréhensive ; pourtant James se surprit à penser, comme il l'avait déjà si souvent fait, que les choses auraient été plus faciles si elle avait montré ne serait-ce qu'un peu d'humeur. Il n'était pas vraiment venu ici pour parler de Ned.

« Oui, il m'a manqué au début, c'est certain », dit-il, « mais vers la fin, ça allait mal, enfin. Ned est assez... » Il allait dire « volage » mais cet adjectif semblait trop naïf et démodé. « Pauvre James, on s'en était rendu compte, bien sûr. Je veux dire, de ce qu'était Ned. »

Léonora était assise confortablement installée dans le fauteuil de velours, parfaitement détendue. Le soleil du soir laissait voir les fines rides de sa peau, et elle semblait moins jeune que dans le souvenir de James, belle encore pourtant à sa manière.

« Oh, Léonora, je savais que vous comprendriez. Vous avez toujours été si... » James cherchait le mot qui résumerait la conduite de Léonora au sujet de Phoebe, et bien sûr celle qu'elle avait eue dans les moments plus graves où il s'était agi de Ned.

« Pauvre James. » Son émotion parut sincère. « Le temps est un grand guérisseur », ajouta-t-elle, d'un ton légèrement moqueur, « mais vous êtes encore beaucoup trop jeune pour le savoir. »

« Ne vous moquez pas de moi. »

« Je n'en fais rien », protesta-t-elle. « J'imagine que Ned et vous vous êtes séparés en bons termes ? »

« Oui, en un sens. Mais nous avons eu une scène terrible avant son départ. »

Alors qu'elle écoutait le récit de cette dernière dispute, Léonora se trouva tentée de rire. Elle comprenait maintenant que Ned était par bien des côtés un personnage comique, mais cette prise de conscience venait trop tard. Et cela aurait-il changé quelque chose si elle l'avait vu ainsi quand il était entré dans leur vie ?

« Mais, Léonora, à la fin il voulait partir — il ne tenait plus à moi tout simplement. »

Léonora était moins détendue maintenant, elle savait qu'avec cette confidence elle recevait plus de lui qu'elle n'avait jamais reçu, mais elle ne put pas faire ce que de toute évidence il attendait. Elle et James avaient tous deux souffert, pourtant cela ne semblait guère créer un lien entre eux — c'était davantage comme une barrière ou même un coin qui les eût arrachés l'un à l'autre.

« Les gens changent », dit-elle. « On le voit tous les jours. »

« Mais pas nous, Léonora, je suis désolé si je vous ai blessée. Ne me pardonnerez-vous pas ? »

« Si », répondit-elle. « Si, je vous pardonne », répéta-t-elle, comme si elle n'en était pas tout à fait sûre. On pardonnait à James, bien sûr ; on était, on voulait être ce genre de personne. Pourquoi, alors, n'avait-on pas quelque geste généreux, un mouvement spontané vers lui, de façon que tout pût être oublié dans l'intimité d'une étreinte ? Visiblement, James attendait cela, car il se leva et s'avança vers elle, puis ıl hésita quand il vit qu'elle ne répondait pas.

« Eh bien, alors », dit-il, « que se passe-t-il maintenant ? »

« Je ne sais pas », dit Léonora.

Elle se demanda combien de fois Meg avait dû jouer cette scène avec Colin, le reprenant toujours, si bien qu'avec le temps cela devait devenir plus facile et il n'était point besoin d'explication. On débouchait la bouteille de Riesling yougoslave — son vin préféré, toujours au frigo —, et le temps de la finir tout allait bien de nouveau. En temps voulu, ou peut-être immédiatement, Meg achetait une autre bouteille et la gardait là, prête pour la fois suivante. Mais l'idée de faire la cour à James de cette façon-là avait quelque chose d'humiliant, comme si elle avait dû appâter un animal pour lui faire regagner sa cage. S'il avait eu un vin préféré, Léonora ne pensait pas qu'elle aurait pu se résoudre à aller le chercher. Cependant, le sherry qu'ils étaient maintenant en train de boire semblait résolument hostile dans sa sécheresse, paralysant les paroles et même les sentiments. Si elle avait choisi une boisson qui eût davantage un air de fête, quelque chose de doux, pétillant ou chaud — même une tasse de thé tardive — cela aurait-il changé quelque chose ?

James se leva, comme pour partir. Il ne savait pas quoi faire maintenant. Avec espoir il dirigea son regard vers la table où le petit livre de fleurs victorien se trouvait autrefois, ouvert à une page nouvelle chaque jour, mais il n'y était pas. L'avait-elle rangé en transformant la pièce ?

« Humphrey m'emmène dîner », dit-elle. « Un endroit nouveau qu'il a découvert. »

Cela valait-il la peine d'essayer encore une fois ? se demanda James, ne sachant pas comment prendre congé. Il s'approcha de la fenêtre et vit la voiture de son oncle s'arrêter dans la rue. Humphrey en sortit, encombré d'un grand bouquet, une gerbe, peut-être, de pivoines. Il y avait quelque chose de légèrement ridicule dans l'exubérance des fleurs et la manière qu'avait Humphrey, tout en les serrant obstinément, de faire le tour de sa voiture et de vérifier avec un soin maniaque que chaque portière était bien fermée.

« Au revoir, James », disait Léonora. « Vous avez été gentil de venir. »

La vue d'Humphrey avec les pivoines lui rappela qu'il la conduisait à l'exposition de fleurs de Chelsea le lendemain. C'était le genre de manifestation où l'on aimait aller, et la vue de fleurs si grandes et si impeccables, de couleurs si exquises, si totalement correctes dans leurs plus petits détails, était un réconfort et une satisfaction pour qui aimait la perfection comme elle. Pourtant, quand on y réfléchissait, les seules fleurs qui fussent vraiment parfaites étaient celles qui, comme les pivoines qui allaient si bien dans sa pièce charmante, possédaient la grâce supplémentaire de vous avoir été offertes.

ACHEVÉ D'IMPRIMER SUR LES PRESSES
DE COX & WYMAN LTD. (ANGLETERRE)

N° d'édition : 1957
Dépôt légal : octobre 1989
Nouveau tirage : novembre 1993
Imprimé en Angleterre